Docteur Nadine POMARÈDE

BIEN NOURRIR SA PEAU

Alimentation, cosmétiques, compléments

•MARABOUT•

Sommaire

Introduction

La peau est un organe particulier

La peau est l'un des rares organes visibles de notre corps. Ses modifications même les plus infimes sont immédiatement perceptibles et peuvent signaler des désordres internes. Ainsi, un assèchement de la peau, une peau fine, une chute de cheveux peuvent faire évoquer précocement un problème de thyroïde.

La peau peut aussi être le reflet de modifications pathologiques liées à des déficits d'apports en vitamines ou en oligoéléments. C'est le cas de la pellagre, due à une insuffisance en vitamine B3. Cette affection est à l'origine d'une peau rugueuse, de rougeurs, voire d'ulcérations. La peau peut révéler une affection digestive encore muette entraînée, par exemple, par un déficit d'absorption en zinc. Une peau sèche, des ulcérations, une chute des cheveux sont des signes d'appels de l'affection.

Sans aller jusqu'à la pathologie, la peau possède la mémoire de ce qu'elle subit. Une peau qui a été trop exposée au soleil va être sèche, rugueuse. Elle va s'affiner et présenter des ridules fines, apparaître comme parcheminée (on parle alors d'« élastose solaire »). De même, une femme, ou un homme, qui fume va avoir un teint terne, grisâtre, le contraire d'une peau rosée et éclatante qui renvoie bien la lumière.

La localisation externe de la peau en fait un organe en première ligne face aux intempéries (soleil, froid, vent, pollution) mais la rend aussi très facilement accessible à des traitements locaux (par des cosmétiques ou des médicaments).

Une allergie à un cosmétique va se traduire rapidement par des rougeurs et des démangeaisons qui vont alerter immédiatement et aboutir sans délai à la mise en place d'un traitement local adapté.

On ne peut donc considérer la peau juste comme une enveloppe. Elle est le reflet de l'environnement dans lequel nous vivons (soleil, tabac, pollution...). C'est un organe qui interagit également avec le milieu intérieur avec lequel elle est en contact permanent et c'est pourquoi son état nous renseigne aussi sur notre équilibre interne. Aussi est-il important de comprendre la façon dont elle est structurée, de connaître ses différentes fonctions et la manière dont elle fait face aux agressions quotidiennes qu'elle subit.

La peau a des besoins particuliers

Pour se construire, se renouveler et bien fonctionner, la peau a des besoins particuliers en nutriments (vitamines, oligoéléments et minéraux,) : d'où le rôle de l'alimentation. Car, contrairement à ce qui est observé par l'application topique d'une crème, l'approche nutritionnelle permet d'imaginer un effet cosmétique sur le derme vers l'épiderme.

Une mauvaise alimentation, déséquilibrée, peut-elle être la source de désordres au niveau cutané ? À l'inverse, une alimentation équilibrée, riche en fruits et légumes, peut-elle contribuer à conserver, voire à améliorer, l'aspect de notre peau ? Dans ce cas, quels aliments faut-il privilégier ? Peut-on définir une alimentation « santé » pour la peau ? Enfin, l'alimentation, seule, est-elle suffisante pour couvrir les besoins de notre peau ou bien faut-il y adjoindre des compléments alimentaires ? Vitamines, oligoéléments, acides aminés, acides gras essentiels, quels compléments choisir ? À qui s'adressent-ils ? Pour quelle indication ?

Après avoir défini et identifié les différents besoins de votre peau, les réponses que nous allons apporter ici vont vous permettre d'adapter votre régime alimentaire et votre hygiène de vie, de définir un programme « beauté » de votre peau et de vous y retrouver dans le vaste marché que constituent les compléments alimentaires aujourd'hui.

Structure, fonctions et fonctionnement de la peau

La peau est l'organe le plus étendu et le plus lourd du corps humain. Chaque centimètre carré de la peau contient environ 3 vaisseaux sanguins, 10 poils, 12 nerfs, 15 glandes sébacées, 100 glandes sudoripares et 3 millions de cellules. Cela explique ses multiples fonctions : nerveuse, immunitaire, endocrinienne, circulatoire... C'est une enveloppe dont la structure très particulière lui confère des fonctions essentielles de protection de l'organisme mais aussi d'échanges vis-à-vis de l'extérieur dont elle nous isole.

La structure de la peau

La peau est constituée de trois parties superposées qui sont, en partant de la surface vers la profondeur, l'épiderme, le derme et l'hypoderme.

L'épiderme

Il est constitué de cellules, dont 95 % de kératinocytes, comparables à un mur de briques très solide et dont le ciment est constitué de lipides. Les kératinocytes sont empilés les uns sur les autres depuis la couche la plus profonde de l'épiderme, la couche basale, jusqu'à la couche cornée.

Cet empilement est dynamique : au cours de leur migration dans l'épiderme, les kératinocytes subissent des modifications (une maturation) et s'aplatissent de plus en plus. La couche cornée est constituée de cellules mortes, sans noyau, qui finissent par desquamer.

Il s'agit d'un tissu en perpétuel renouvellement : chaque kératinocyte issu de la couche basale va progressivement monter dans les couches superficielles pour finir par s'éliminer dans la couche cornée. Le temps moyen de migration pour un kératinocyte est d'environ trois semaines.

Un tissu très riche en membranes

L'épiderme comporte beaucoup de membranes cellulaires ; c'est le tissu le plus riche en membranes après le système nerveux.

Au centre de ces membranes se trouvent des protéines, de part et d'autre des lipides. Il faut environ 1 milliard de molécules de lipides pour couvrir la surface d'une cellule. Parmi ces lipides, 50 à 60 % sont des phospholipides. Or, plus d'un tiers ne peuvent être fabriqués qu'à partir d'acides gras poly-insaturés (AGPI), ou acides gras essentiels, fournis exclusivement par l'alimentation : l'acide linoléique, ou oméga-6, et l'acide alphalinolénique, ou oméga-3. L'organisme étant incapable de synthétiser les AGPI, la bonne qualité des membranes dépend donc uniquement de l'apport alimentaire.

Une membrane riche en acides gras essentiels est une membrane fonctionnelle, souple, fluide, dynamique qui assure correctement la communication entre les différentes cellules de la peau. En effet, la membrane n'est pas seulement une enveloppe qui délimite les cellules, c'est surtout une zone d'échanges (d'ions, de minéraux) et qui permet le passage d'informations aux cellules voisines.

Les autres cellules présentes dans l'épiderme

LES CELLULES DE LANGHERANS

Ce sont les cellules clés de la défense immunitaire, les seules cellules de la peau capables de capter un antigène, de l'apprêter et de migrer jusqu'aux ganglions. Cela explique leur rôle décisif, sortes de sentinelles qui veillent dans la peau (voir p. 21). Ainsi, les cellules de Langherans jouent un rôle très important dans le déclenchement de poussées d'eczéma.

LES MÉLANOCYTES

Situés dans la partie profonde de l'épiderme, les mélanocytes représentent 2 à 4 % des cellules épidermiques. Ces cellules tentaculaires synthétisent la mélanine, ou plutôt des mélanines plus ou moins foncées qui déterminent la couleur de notre peau. L'exposition solaire stimule la fabrication de mélanine par les mélanocytes afin de mieux protéger les différentes cellules de la peau du soleil : c'est le bronzage.

Le derme

Juste au-dessous de l'épiderme, directement à son contact, se trouve le derme. Les cellules qui le composent, les fibroblastes, synthétisent les fibres collagènes et élastiques auxquelles les cellules restent solidement attachées. Les fibres collagènes sont organisées en réseaux et faisceaux entrecroisés ; les fibres élastiques, moins nombreuses, constituent un réseau grillagé sur toute la hauteur du derme. L'ensemble de ces fibres est noyé dans une substance fondamentale qui est une véritable éponge capable de retenir l'eau : l'acide hyaluronique.

Le derme est une zone d'échanges du fait de la présence de vaisseaux sanguins qui ne pénètrent pas dans l'épiderme mais lui apportent les substances qui lui sont nécessaires. Cette microcirculation est très importante car elle va permettre d'apporter à la peau les nutriments dont elle a besoin pour bien fonctionner : sucres, acides gras, acides aminés... et notamment ceux qu'elle est incapable de fabriquer comme les acides gras essentiels (AGPI).

Le derme renferme aussi les glandes sudorales, les glandes sébacées et les poils qui vont ensuite traverser l'épiderme. Enfin, les terminaisons nerveuses s'y terminent en bouquet, et seuls de petits filaments nerveux pénètrent ensuite dans l'épiderme.

L'hypoderme

Ce tissu est plus ou moins épais en fonction de la zone considérée et de l'apport alimentaire en graisses. Les adipocytes, ou cellules graisseuses, y sont regroupés en amas, les lobules, séparés les uns des autres par des cloisons fibreuses.

Ces cellules ne font pas que stocker les graisses, elles sont aussi capables de libérer des acides gras en fonction des besoins énergétiques de l'organisme. Ainsi, lors d'efforts musculaires importants, quand l'organisme a besoin d'énergie, les cellules déstockent les graisses qu'elles ont emmagasinées pour que le corps puisse les utiliser. Les adipocytes constituent une sorte de réserve d'énergie disponible.

Enfin, avec les muscles, l'hypoderme détermine l'aspect de notre silhouette.

Les différentes fonctions de la peau

La peau assure des fonctions de protection de l'organisme et d'échanges vis-à-vis de l'extérieur. Elle est en première ligne des agressions physiques et chimiques. C'est un organe clé dans les défenses de notre organisme.

Un rôle barrière

La peau assume ce rôle principalement grâce à la couche la plus superficielle de l'épiderme : la couche cornée ou *stratum corneum*. L'organisation très particulière des graisses produites par les kératinocytes lors de leur maturation rend cette couche peu perméable. Cela en fait une barrière occlusive qui s'oppose à la pénétration et à la diffusion d'agents infectieux et d'allergènes.

Afin de protéger encore mieux l'épiderme des agressions extérieures, le sébum sécrété par les glandes sébacées permet de lubrifier l'épiderme.

L'exemple de l'inconfort des peaux sèches ou irritées démontre le rôle important du sébum.

Un rôle dans l'hydratation

Le *stratum corneum* est connu pour ses qualités hydrophiles importantes. Il est capable d'absorber une quantité d'eau quatre fois plus importante que son poids sec.

En cas d'exposition à l'air sec, les cornéocytes les plus superficiels sont progressivement déshydratés, ils rétrécissent et se détachent : la peau pèle.

Un rôle dans la cicatrisation

En cas de plaie ou de brûlure, un processus de cicatrisation se déclenche, afin de rétablir l'imperméabilité de la peau aussi rapidement que possible.

Un rôle de protection contre le soleil

La partie du rayonnement solaire qui est dangereuse pour notre peau est constituée par les rayons UVA et UVB. Une partie de ces ultraviolets (UV) va pénétrer plus ou moins profondément dans la peau et y provoquer des dégâts. En réaction à l'exposition solaire, la peau se défend : les mélanocytes fabriquent la mélanine qui confère le bronzage. Malheureusement, ce bronzage n'est véritablement protecteur que chez les personnes qui ont la peau mate (voir p. 128).

Un rôle d'amortisseur des chocs

Les fibres élastiques et collagènes présentes dans le derme donnent à la peau sa souplesse, sa fermeté et permettent d'amortir les chocs. Avec le temps, les fibroblastes, les cellules qui synthétisent ces fibres, deviennent moins performants, ils fabriquent moins de collagène, la peau perd son élasticité et sa fermeté, se ride ; en un mot, elle vieillit.

Un rôle de protection des organes et des articulations sous-jacentes

L'hypoderme joue aussi un rôle d'isolant thermique grâce aux cellules graisseuses qui le constituent. Son épaisseur varie en fonction des apports alimentaires mais aussi en fonction des différentes zones du corps : le ventre et les hanches sont les zones où le tissu graisseux est le plus épais, des zones de stockage des graisses.

Un rôle dans l'immunité

Les cellules de Langherans veillent à ce que toute molécule étrangère qui aurait franchi les couches superficielles de l'épiderme soit captée, neutralisée, tout en gardant en mémoire l'agression, afin de pouvoir réagir si l'ennemi se représentait. Cela explique que, lorsque vous appliquez une crème à laquelle vous allez devenir allergique, il ne se passe apparemment rien lors des premières semaines d'application : la peau semble tolérer la crème. En fait, la peau a besoin de temps pour fabriquer les anticorps qui vont lui permettre de réagir contre ce qu'elle considère comme une agression. Dès que les anticorps sont fabriqués, des rougeurs, des démangeaisons surviennent à l'application de votre crème, et ces signes vont aller en augmentant si vous persistez : vous êtes en train de développer une allergie.

Un rôle dans la régulation de la température interne

La température constante de l'homme est due à la présence des vaisseaux et des glandes sudorales dans la peau. Les vaisseaux vont se dilater quand il y a augmentation de la température : lors d'une émotion ou d'un repas épicé, par exemple. Cela explique que l'on rougisse. Ils vont se contracter en cas de refroidissement ; la peau devient plus pâle. Quant aux 3 à 5 millions de glandes sudorales, elles évacuent l'eau en cas d'effort physique. Il s'agit en quelque sorte d'un système de refroidissement.

Un rôle sensoriel

La peau et le système nerveux sont intimement liés. Dans les premières semaines de vie, les deux tissus ne constituent qu'un tissu unique. Ce n'est qu'au cours du développement de l'embryon qu'ils se différencient.

On a découvert récemment que la peau, organe du toucher, était aussi capable d'envoyer des informations au cerveau, grâce à la présence en son sein de substances appelées « neuromédiateurs ». Ces derniers servent à la communication entre les cellules nerveuses mais aussi entre les cellules nerveuses et les cellules cutanées. Cela explique comment le stress peut retentir sur la peau : sous forme d'une poussée d'eczéma, par exemple. On a ainsi démontré que la peau des étudiants en période d'examens était plus perméable aux agents extérieurs et pouvait donc plus facilement développer une poussée d'eczéma. En revanche, en période de vacances, leur peau retrouvait son rôle de barrière.

Un rôle dans la synthèse de la vitamine D

C'est dans la peau qu'est fabriqué le précurseur de la vitamine D à partir du cholestérol. Cette synthèse ne peut se faire que si la peau est exposée au soleil. Attention ! cela ne signifie pas qu'il est nécessaire de s'exposer des heures au soleil. Un quart d'heure d'exposition de l'avant-bras suffit pour déclencher la synthèse de la vitamine D.

La peau interviendrait dans le développement du squelette

Des chercheurs américains viennent de découvrir qu'une protéine, l'IKK-alpha, exprimée dans la couche basale de l'épiderme, joue un rôle essentiel non seulement dans la maturation des cellules de l'épiderme mais aussi dans le développement du squelette.

Radicaux libres, antioxydants, stress oxydant et glycation

Comme tout autre organe, la peau effectue quotidiennement de multiples réactions métaboliques qui lui permettent de se renouveler. Mais sa situation particulière d'interface entre le monde intérieur et le monde extérieur fait qu'elle doit aussi protéger l'organisme contre les agressions externes. Ces différentes situations génèrent des radicaux libres contre lesquels la peau se protège en fabricant des antiradicaux libres ou antioxydants. Ceux-ci sont synthétisés par la peau, mais peuvent aussi être apportés par l'alimentation.

Quand la peau subit un stress très important, comme, par exemple, un coup de soleil à la suite d'une exposition trop longue, il y a un déséquilibre entre la production de radicaux libres induite par le soleil et les capacités de la peau à produire suffisamment d'antioxydants pour gommer les dégâts. On parle alors de « stress oxydant ».

La genèse des radicaux libres

Il s'agit d'un phénomène obligatoire, induit par le fonctionnement de nos cellules.

La peau accomplit chaque jour de multiples réactions enzymatiques pour assurer ses nombreuses fonctions. Lors de ces réactions biochimiques, la cellule utilise de l'oxygène pour générer de l'énergie, nécessaire à la vie de la cellule. Mais cette consommation permanente d'oxygène a pour conséquence directe la fabrication de radicaux libres.

En fait, l'oxygène est une molécule instable qui va à tout prix essayer de se stabiliser en prenant un électron à la molécule la plus proche qui devient à son tour une molécule instable, et donc très toxique pour son environnement proche, un radical libre.

Un danger mortel apprivoisé

Les transferts d'électrons, source de radicaux libres, dégagent une énergie nécessaire à la vie. Ainsi, les radicaux libres sont un danger incontournable. Mieux : la respiration cellulaire, indispensable à la vie, n'est rien d'autre qu'un phénomène d'oxydation. La vie ne serait donc pas possible sans les radicaux libres. Par ailleurs, ces derniers participent aux mécanismes de défense de l'organisme contre les virus et les bactéries. Ils assurent le nettoyage de l'organisme en éliminant les cellules anciennes ou défectueuses en permanence.

Le parcours d'un radical libre

Quand le radical libre arrive près de la membrane d'une cellule, il représente un danger pour elle car il va l'abîmer et donc la rendre moins fonctionnelle. Pour se défendre, la membrane, qui renferme de la vitamine E, va s'oxyder. Le radical libre entre alors dans la membrane et commence ainsi un jeu de passes comme au rugby : la vitamine E présente dans la membrane est oxydée et passe la molécule à la vitamine C, qui dans le même temps régénère la vitamine E oxydée ; la vitamine C repasse ensuite le radical libre à un autre et ainsi de suite... ce qui a pour conséquence d'amortir l'instabilité et la toxicité de la molécule au fur et à mesure des passages successifs.

L'organisme travaille en flux tendu : l'oxygène est indispensable, mais il faut l'éliminer au plus vite ; il n'y a donc pas de stockage. Malgré cela, entre 2 et 5 % de l'oxygène fourni à l'organisme n'est pas transformé en énergie et constitue donc un danger pour les cellules.

La peau est particulièrement sensible aux radicaux libres

La peau fabrique des radicaux libres au même titre que n'importe quel organe. Son métabolisme propre et la vascularisation cutanée constituent des agents oxydants internes, auxquels le tabac peut se surajouter. Mais, en tant qu'interface avec l'extérieur, elle est exposée à d'autres agents oxydants, comme le soleil ou la pollution, par exemple. Les agents oxydants sont en outre attirés par la richesse de la peau en membranes et donc en lipides.

C'est pourquoi l'exposition solaire accélère le vieillissement cutané. Les ultraviolets induisent aussi des réactions inflammatoires, agissent sur l'immunité et favorisent la survenue de certains cancers.

Les antioxydants

Pour se défendre contre les radicaux libres, l'organisme dispose de systèmes de défense : les antioxydants. Ces moyens de protection, essentiels pour notre survie, permettent à l'organisme de s'adapter et de résister à des stress importants.

Une molécule antioxydante est une molécule capable de ralentir ou d'inhiber l'oxydation d'une molécule oxydable. De nombreuses molécules très différentes peuvent répondre à cette définition. D'où la présence d'antioxydants dans tous les compartiments de l'organisme : dans les membranes, dans les cellules et entre les cellules.

Ces différentes molécules permettent ainsi à l'organisme de se protéger des radicaux libres, soit en prévenant leur formation, soit en les épurant. Par ailleurs, l'organisme est capable de réparer ou d'éliminer les molécules endommagées par l'attaque des radicaux libres grâce à des équipements particuliers au sein des cellules : les enzymes, qui jouent en quelque sorte le rôle d'éboueurs.

Les différents antioxydants

Les enzymes : la superoxyde dismutase (SOD), la catalase, la glutathion peroxydase

Superoxyde dismutase (SOD), catalase, glutathion peroxydase : ces enzymes s'expriment au niveau de la peau et notamment de l'épiderme. Leur activité optimale est étroitement dépendante des apports alimentaires en oligoéléments qui jouent le rôle de cofacteurs : sélénium, zinc, cuivre, manganèse et magnésium. On voit déjà le rôle majeur de ces oligoéléments pour une défense efficace contre les radicaux libres. Ces enzymes constituent le premier niveau de défense de l'organisme en contrôlant la formation et la prolifération des radicaux libres. Elles sont fabriquées en permanence par notre organisme afin de piéger les radicaux libres le plus vite possible après leur formation.

Les molécules antioxydantes, piégeuses de radicaux libres

Elles constituent la seconde ligne de défense de l'organisme en prévenant la propagation des réactions oxydantes en chaîne. Certaines sont produites de façon naturelle par l'organisme. Elles sont synthétisées par la cellule.

D'autres sont apportées par l'alimentation, et notamment les plantes. Celles-ci ont été en effet les premières sur Terre à être exposées aux radicaux libres et se sont donc défendues en synthétisant beaucoup d'antioxydants. C'est pourquoi la consommation de fruits et de légumes est fortement recommandée pour augmenter nos capacités de défense antioxydante.

Ces molécules sont la vitamine E, la vitamine C, la vitamine A et les caroténoïdes (le lycopène étant plus puissant que le bêta-carotène). Elles sont elles aussi présentes dans la peau.

Bien que très différentes les unes des autres, ces molécules agissent en synergie pour contrer les radicaux libres. Prenons l'exemple de la vitamine E dont le rôle est essentiel pour limiter la nocivité des radicaux libres. Sa présence dans la membrane qui enveloppe la cellule permet de protéger celle-ci de l'oxydation en captant les radicaux libres. Elle devient alors oxydée. La vitamine C la régénère afin qu'elle continue son rôle de sentinelle. L'effet de la vitamine E ne sera optimum que s'il est associé aux vitamines C et A, car la restauration de la vitamine E de la membrane la rend de nouveau opérationnelle si de nouveaux radicaux libres se présentent.

Les autres molécules à activité antioxydante

Les **flavonoïdes** agissent en empêchant le dépôt des graisses dans les vaisseaux ; au niveau cutané, cela permet d'avoir un apport en nutriments de qualité. On distingue les flavonoïdes rouges (anthocyanes), jaunes (dont les isoflavones contenus dans le soja) et les tanins.

Le **coenzyme Q 10**, aussi appelé « ubiquinone » car il est présent dans tous les tissus, fonctionne comme une vitamine et prolonge l'effet de la vitamine E. Il active la production d'énergie de la cellule. Son taux diminue progressivement dans l'organisme à partir de l'âge de 20 ans et, avec le temps, l'organisme a de plus en plus de mal à le fabriquer. En France, les compléments alimentaires à base de coenzyme Q 10 sont encore interdits à la vente. Les sources alimentaires où les trouver sont surtout les abats, les noix, les noisettes et les sardines.

Une hormone antioxydante

La DHEA (dehydroépiandrostérone) est une hormone stéroïde produite par les glandes surrénales. Elle améliorerait certaines manifestations du vieillissement cutané (voir p. 155-156).

Le stress oxydant

Il s'agit d'une situation de débordement de l'organisme.

Lors de l'exposition répétée au soleil ou dans le cadre du vieillissement, les défenses de notre organisme sont dépassées. Les radicaux libres sont synthétisés de façon excessive sans qu'il existe une compensation suffisante de la part de notre organisme par la synthèse d'antioxydants. On parle alors de « stress oxydant ».

Les cibles biologiques des radicaux libres sont les membranes cellulaires, dont les acides gras sont le constituant fondamental. Les radicaux libres attaquent ensuite les protéines et les enzymes. Enfin, le matériel génétique de la cellule, l'ADN, est aussi concerné. Les radicaux libres sont impliqués dans la genèse des cancers cutanés car ils induisent, par des mutations successives, des altérations de la transmission du matériel génétique. Ils s'attaquent aussi aux composants du derme (les fibres collagènes), mais interviennent également au niveau des constituants (les glycoaminoglycans) de la matrice extracellulaire. Les radicaux libres sont donc impliqués dans le vieillissement cutané.

La glycation

C'est un phénomène moins médiatisé que le stress oxydant mais pas moins redoutable. Les réactions de glycation sont très impliquées dans le vieillissement mais aussi dans des pathologies comme le diabète.

Qu'est-ce que la glycation ?

Sous ce nom se cache un phénomène culinaire bien connu : c'est le brunissement et la bonne odeur des viandes lors de leur cuisson. En fait, ce phénomène correspond à une modification de la structure des protéines de la viande, accélérée par la cuisson. Bien entendu, dans l'organisme, les réactions chimiques sont beaucoup plus lentes.

À l'origine de ce phénomène, se trouve une molécule, là encore indispensable au bon fonctionnement de notre organisme : le glucose. À son contact, une réaction s'effectue avec les protéines (mais aussi avec

12 FÉVRIER

Il est important de garder une chose à l'esprit : le développement spirituel prend du temps. Il ne peut s'accomplir du jour au lendemain.

13 FÉVRIER

Si notre esprit n'est pas stable et calme, quand bien même notre condition physique est confortable, il ne nous procure aucun plaisir.

Par conséquent, le secret d'une vie épanouie, maintenant et dans le futur, réside dans le fait de développer un esprit heureux.

14 FÉVRIER

À une époque où les gens se préoccupent tellement de l'entretien de leur santé physique en contrôlant leur alimentation, en faisant de l'exercice, etc., il devient essentiel de développer et cultiver les attitudes mentales positives correspondantes.

15 FÉVRIER

Le développement d'un cœur ouvert et gentil ou le fait de se sentir plus proche de tous les êtres humains n'implique pas pour autant une quelconque forme de religiosité.

Cela n'est pas réservé à ceux qui croient en la religion; c'est à la portée de tout le monde, indépendamment de toute religion ou appartenance politique.

Cela concerne toute personne qui se considère d'abord et en premier lieu comme un membre de la famille humaine et qui voit les choses dans une perspective plus large.

16 FÉVRIER

Dès lors que vous avez une motivation pure et sincère, tout le reste suit.

Vous pouvez développer une attitude juste envers les autres à partir de la gentillesse, de l'amour, du respect et sur la base de la pleine compréhension de l'unité de tous les êtres humains.

17 FÉVRIER

Un bon esprit, un bon cœur, des sentiments chaleureux – telles sont les choses les plus importantes. Si vous n'avez pas un tel esprit, vous ne pouvez pas être heureux, et de la même manière vos parents, votre compagnon, vos enfants et vos voisins.

18 FÉVRIER

Par-dessus tout, nous devons penser aux autres avant de penser à nous-même : le « moi » doit être placé en second.

Tous nos faits et gestes, nos pensées, doivent être motivés par la compassion.

Le moyen de parvenir à cette forme de perspective consiste à accepter le simple fait que, quoi que nous désirions, cela est également désiré par les autres.

19 FÉVRIER

Sans amour nous ne pourrions pas survivre. Les êtres humains sont des créatures sociales et se sentir concerné par les autres est la base même de la vie en communauté.

20 FÉVRIER

L'un des points majeurs dans les rapports humains est la gentillesse. Avec elle, avec l'amour et la compassion, avec ce sentiment qui est l'essence de la fraternité, on accède à la paix intérieure.

21 FÉVRIER

La compassion est, par essence, paisible et douce, mais aussi très puissante. Elle est le véritable signe de la force intérieure.

22 FÉVRIER

La compassion nous conduit à nous tourner vers tous les êtres vivants, même nos soi-disant ennemis, ces gens qui nous dérangent ou nous blessent.

Indépendamment de ce qu'ils nous font, si nous gardons en mémoire que tous les hommes cherchent comme nous à être heureux, il devient beaucoup plus facile d'éprouver de la compassion à leur égard.

23 FÉVRIER

Sur la base de relations humaines authentiques – sentiments réels l'un pour l'autre, compréhension réciproque –, il devient possible de développer la confiance mutuelle et le respect. À partir de là, nous pouvons partager la souffrance des autres et construire l'harmonie dans la société humaine.

24 FÉVRIER

Ce n'est pas avant d'avoir compris la loi du karma ou celle des liens de cause à effet que l'on peut s'engager sur le sentier qui conduit à mettre fin à la souffrance.

Les pensées et les actions négatives produisent des conditions et des résultats négatifs, de même que les pensées et les actions positives en génèrent de plus positifs.

25 FÉVRIER

L'étude est comme la lumière qui éclaire l'obscurité de l'ignorance, et la connaissance qui en résulte est le bien suprême en ce qu'il ne peut être subtilisé, même par le plus grand des voleurs.

L'étude est l'arme contre l'ignorance. C'est aussi notre meilleur ami pour nous guider dans les temps difficiles.

26 FÉVRIER

Un grand nombre de ceux qui sont indifférents à toutes formes de pratiques spirituelles sont, dans les pays développés, matériellement prospères. Dans le même temps, ils sont complètement insatisfaits. Ils souffrent de l'angoisse de vouloir plus et, bien qu'ils soient matériellement riches, ils sont mentalement pauvres. C'est lorsqu'ils découvrent qu'ils ne peuvent réaliser tous leurs souhaits que le problème commence vraiment.

27 FÉVRIER

Nous devons utiliser toutes les occasions de pratiquer la vérité, de nous améliorer, au lieu d'attendre pour cela d'être moins occupé.

28 FÉVRIER

De toutes les personnes que nous connaissons ou que nous avons côtoyées, aucune ne vivra encore dans cent ans. La mort ne peut pas être repoussée par des mantras ou en cherchant refuge auprès d'un puissant leader politique.

J'ai rencontré tant de gens tout au long de ma vie. Ils ne sont plus maintenant que des souvenirs dans ma mémoire.

Aujourd'hui, j'en rencontre encore davantage. C'est comme regarder une pièce de théâtre : après avoir joué leur rôle, les acteurs changent leur costume et réapparaissent.

Mars

1er mars

En prenant conscience des grands inconvénients de notre instinct rapace envers la permanence, nous devons le contrecarrer et être constamment conscient de la mort, afin d'être motivé pour entreprendre la pratique du dharma plus sérieusement.

L'importance de la conscience de la mort ne doit pas se limiter au seul stade initial. Elle est essentielle à toutes les étapes du chemin : au commencement, au milieu, et aussi à la fin.

2 MARS

Nous avons passé tant de temps, dépensé tant d'énergie et fait tant de recherches dans l'exploration du monde extérieur, que si nous changeons maintenant cette approche et la dirigeons vers l'intérieur, et commençons à l'analyser, je pense vraiment que nous aurons la capacité de comprendre la nature de la conscience – cette clarté, cette luminosité – qui réside en nous-même.

3 MARS

Dès lors que vous commettez une action, les conditions de base d'une réaction existent et s'intensifient jusqu'à ce que ses effets s'accomplissent. Si par contre vous n'en avez pas commise, vous ne serez jamais confronté à ses conséquences.

Une fois que vous l'avez commise, à moins que vous n'entrepreniez de la purifier par le biais de pratiques adéquates (ou si c'est une action vertueuse, à moins qu'elle soit détruite par la colère ou des facteurs contraires), son effet va s'exercer.

Une action, quand bien même elle a été accomplie plusieurs vies auparavant, ne perd jamais son influence par le seul écoulement du temps.

4 mars

Vous ne devriez pas être possessif vis-à-vis de vos affaires, pas plus que vous ne devriez travailler pour amasser de plus en plus d'argent, parce que les possessions seront autant d'obstacles à votre pratique de la générosité.

Le Bouddha a donné toutes ses possessions au bénéfice des autres, ce qui lui a permis d'atteindre l'état de parfaite Illumination.

5 mars

Il est dit que si vous avez consacré et dédié votre propre corps et vos possessions – ainsi que toutes vos vertus – pour le bénéfice des autres, quand vous les utilisez vous devez faire comme si vous les empruntiez aux autres et à leur propre avantage.

6 MARS

Pour augmenter et développer votre sens de la générosité, vous devriez commencer par faire don de toutes les petites choses que vous possédez.

Avec de la pratique, cela vous conduira à ne rien posséder, même pas la plus petite appréhension ou réserve dans le fait de donner votre propre corps.

7 MARS

Pour pratiquer correctement le dharma, vous devez penser de façon rationnelle aux nombreux effets négatifs dus à la colère et aux résultats positifs engendrés par la compassion.

Vous pouvez également réfléchir au fait que la personne qui est l'objet de votre courroux est exactement comme vous : elle veut seulement parvenir au bonheur et se débarrasser de la misère.

Dans de telles circonstances, comment pouvez-vous justifier de blesser cette personne ?

8 MARS

Quand l'esprit est influencé par une puissante pensée vertueuse, aucune donnée négative ne peut opérer dans le même temps.

Si vous êtes motivé par des pensées gentilles et heureuses, même les actions apparemment négatives peuvent générer des résultats positifs.

9 MARS

Le bouddhisme concerne fondamentalement l'esprit. Nos actions physiques et verbales ne remplissent qu'un rôle secondaire.

Par conséquent, la qualité ou la pureté de toute pratique spirituelle est déterminée par l'intention et la motivation de l'individu.

10 MARS

Notre pratique devrait être telle que les émotions dérangeantes – hostilité, attachement, ignorance – puissent être éliminées. Nos esprits devraient être libérés de ces désillusions et à leur place nous devrions développer des qualités positives.

11 MARS

Pour parvenir au bonheur et me libérer de la misère, vie après vie, je dois admettre que les trois poisons – les émotions dérangeantes du désir, de la haine et de l'ignorance – sont mes ennemis.

12 mars

L'ignorance – le fait de croire que les choses existent telles qu'elles paraissent, indépendamment et en toute autonomie, sans dépendre de causes précises – est la racine des illusions.

Pour neutraliser ces pensées ignorantes et égocentriques, je dois faire preuve de gentillesse, de compassion, d'altruisme et de la sagesse qui prend en compte la vacuité.

13 mars

Quand nous pouvons aider les autres à faire naître la vertu dans leur cœur, les rendre heureux et donner du sens à leur vie, c'est un grand et authentique service rendu au Bouddha et à sa doctrine. Il nous faut être appliqué et diriger tous nos efforts dans ce sens.

Il s'agit là du meilleur moyen pour aider à l'accomplissement de notre bien-être et à celui des autres.

14 mars

L'esprit qui conçoit la véritable existence est extrêmement actif, puissant et astucieux.

Grâce à une pratique sincère, les pratiquants de la religion peuvent parvenir à la paix et devenir plus disciplinés, civilisés et meilleurs. Ils se font du bien et nombre d'entre eux rendent un grand service à l'humanité.

15 mars

Atteindre le bonheur et vaincre la misère sont des tâches qui ressemblent à beaucoup d'autres. Pour y parvenir, nous avons besoin d'accumuler les facteurs favorables et d'éliminer les obstacles.

Si nous voulons atteindre un certain statut social, si nous recherchons la célébrité et la richesse, nous devons nous appliquer à créer les conditions nécessaires pour cela.

16 MARS

Bien que nous devions consacrer du temps et une certaine quantité d'énergie aux affaires de cette vie, il est important que nous nous préparions aussi pour notre vie future.

Autrement, nous gaspillerions les occasions que nous offre notre précieuse existence humaine.

Si nous nous lançons dans notre prochaine vie sans nous être amélioré nous-même, il est quasiment certain que notre renaissance prendra place dans un univers et un contexte plus difficiles.

17 MARS

Nous ne naissons pas dans ce monde en tant qu'être humain pour créer davantage de problèmes et de confusion. Si c'était le cas, l'existence humaine serait sans grand intérêt.

Par conséquent, la bonne attitude à adopter consiste à penser que vous allez atteindre l'état d'Éveil d'un Bouddha à partir de votre précieuse vie humaine.

18 MARS

Quand nos compétences humaines sont canalisées dans la bonne direction, motivées par une attitude adéquate, des choses merveilleuses s'accomplissent. C'est pourquoi la valeur de la vie humaine est inestimable.

D'un point de vue purement spirituel, c'est à partir d'une vie humaine que l'on peut développer différents types de perspicacité et de réalisation.

Seul l'esprit humain est capable de produire l'amour infini et la compassion.

19 MARS

Une fois acquise la conviction que la vie en tant qu'être humain libre et heureux est rare et précieuse, nous devrions considérer que cela n'est pas permanent. Bien que la vie humaine ait une telle capacité, elle est éphémère et ne dure pas.

D'après les textes, nous devrions méditer sur trois sujets fondamentaux : la certitude de la mort, l'incertitude quant au moment où elle se produira, et le fait qu'à cet instant seules les réalisations spirituelles de l'individu peuvent être une aide véritable.

20 MARS

Tout le monde possède de façon innée la nature de Bouddha et les émotions dérangeantes ne sont que des peines temporaires de l'esprit.

En pratiquant correctement le dharma, ces émotions dérangeantes peuvent être complètement dissipées, et notre nature de Bouddha révélée dans sa véritable dimension.

21 MARS

À moins que nous ayons quelque expérience de la souffrance, notre compassion pour les autres est minime.

C'est pourquoi le souhait de nous libérer de la souffrance doit précéder toute compassion envers les autres. L'objectif de toutes nos pratiques spirituelles devrait être l'esprit d'Éveil.

22 MARS

Afin que notre sens de l'esprit d'Éveil soit efficace et puissant, méditons sur la mort et la loi de causalité.

Méditons, également, sur la nature vicieuse du cycle des existences et les avantages du nirvana.

23 MARS

Nous acceptons que la mort puisse finalement survenir un jour, mais parce que le moment de sa venue n'est pas fixé nous avons tendance à y penser comme si elle était toujours quelque peu éloignée. C'est illusoire.

En réalité, nous courons en permanence vers notre mort sans jamais nous arrêter un seul instant.

24 MARS

Le processus de la mort prend place dans le phénomène de dissolution graduelle de vos éléments internes.

Si vous vous êtes familiarisé avec ce processus, au moment de la mort vous serez capable d'y faire face.

25 MARS

Si vous acceptez la possibilité de vies futures, alors la mort s'apparente au simple fait de changer de vêtements. La continuité de l'esprit se poursuit.

Cependant, comme nous n'avons aucune idée du futur, il est nécessaire de nous adonner dès maintenant à des pratiques qui nous aideront lorsque le moment sera venu.

26 MARS

Vous devriez mettre un terme à toutes les activités négatives et concentrer vos efforts sur le fait d'accumuler les actions saines.

Parmi celles-ci, la plus importante est l'entraînement au précieux Éveil de l'esprit, dans le but d'atteindre l'Illumination au profit de tous les êtres sensibles.

27 MARS

Les actions ne donnent pas uniquement naissance à des expériences positives ou négatives dans cette vie, elles ont un effet similaire sur les vies futures.

28 mars

Nous pouvons observer de nombreuses personnes qui sont riches et humainement entourées, mais néanmoins n'éprouvent aucun contentement. Et quand elles se sentent privées de satisfaction elles s'imaginent les plus misérables au monde.

Notre pratique spirituelle ne peut être couronnée de succès tant que nous n'expérimentons pas le cycle de l'existence comme une simple série de hauts et de bas.

29 mars

Tous nos composants physiques et mentaux, incluant nos corps, résultent d'actions « contaminées » et d'émotions dérangeantes. Par conséquent, nos aliments ont des aspects à la fois physiques et mentaux.

Nous souffrons parce que telle est la nature de nos corps. Mais il n'y a aucun intérêt à développer une aversion envers eux.

La stratégie la plus sage consiste à trouver les causes de la souffrance et à les éliminer.

30 MARS

L'esprit d'Éveil est la pensée positive suprême. C'est pourquoi il vaut mieux employer tous les moyens et toutes les méthodes pour le développer.

Même dans notre vie ordinaire, la gentillesse et la générosité sont évaluées au plus haut niveau.

31 MARS

Nous sommes essentiellement des animaux sociaux dépendant les uns des autres pour répondre à leurs besoins. Nous ne parvenons au bonheur, à la prospérité, et ne progressons qu'à travers l'interaction sociale.

C'est pourquoi une attitude gentille et serviable est la source du bonheur, et l'esprit d'Éveil la plus haute des pensées salutaires.

AVRIL

1er AVRIL

Nous ne devrions pas penser à l'esprit d'Éveil comme à un simple objet d'admiration.

C'est une chose que nous devrions générer en nous-même. Nous avons la capacité et l'opportunité pour le faire.

Vous avez pu être une personne horriblement égoïste dans votre vie antérieure, mais avec de la détermination, vous pouvez transformer votre esprit.

2 AVRIL

Une qualité unique de l'esprit veut qu'une fois que vous devenez familier avec un objet particulier votre esprit stabilise la relation que vous avez avec lui.

Au contraire du progrès physique, qui est sujet à des restrictions naturelles, les qualités de l'esprit peuvent être développées sans limites.

L'esprit est comme un feu qui, si vous l'entretenez continuellement, voit sa chaleur croître sans cesse.

3 AVRIL

Ceux que nous considérons comme nos amis dans cette vie ne l'ont pas toujours été. Et, de la même manière, ceux que nous pensons être nos ennemis actuellement n'ont pas toujours été hostiles.

Le but est ici de réduire dans le même temps les attachements envers vos parents et vos amis, la colère et la haine envers vos ennemis.

Considérez qu'il n'existe pas un être sensible qui n'ait été un jour votre ami. C'est ainsi que vous développerez la sérénité envers tous les êtres sensibles.

4 AVRIL

Nous ne pouvons cultiver la pratique de la générosité, de l'éthique et de la patience qu'en relation avec les autres êtres sensibles.

C'est seulement par rapport à eux que nous développons l'amour, la compassion, et l'esprit d'Éveil.

5 AVRIL

Les êtres sensibles sont innombrables et très différents les uns des autres.

Certains nous aident, d'autres nous blessent, mais, parce qu'ils souhaitent le bonheur et refusent la souffrance, tous sont égaux.

6 AVRIL

L'esprit ne peut pas être transformé par la force, à l'aide de couteaux et de revolvers. Il peut paraître faible, n'ayant aucune couleur et aucune forme, mais il est en fait dur et résistant.

La seule et unique façon de le changer consiste à utiliser l'esprit lui-même. Car seul l'esprit peut faire une distinction entre ce qui doit être fait et ce qui doit être abandonné.

C'est ainsi que l'obscurité de l'ignorance peut être dissipée.

7 AVRIL

Plus vous êtes blessé, plus vous devriez faire preuve de patience et de compassion envers quiconque vous fait du mal.

Si vous en êtes capable, quand bien même vous serez assiégé d'adversaires, cela deviendra pour vous une source de grand mérite.

8 AVRIL

Considérez comme tous les êtres sensibles sont identiques en voulant le bonheur et refusant la souffrance, et comme ils sont ainsi privés de bonheur.

Des profondeurs de votre cœur, consacrez-leur toutes vos qualités positives, vos qualités physiques, mentales et verbales, votre richesse et tout ce que vous possédez, en faisant le souhait qu'ils rencontrent le bonheur et tout ce dont ils ont besoin.

9 AVRIL

Si vous avez une vie particulièrement active dans la société et que vous êtes confronté à différentes situations, vous ne devez pas vous poser en victime des circonstances.

Au lieu de cela, transformez l'adversité en autant de facteurs « formateurs » de votre esprit.

10 AVRIL

Plus nous rendons notre esprit familier avec des qualités positives et en apprécions les avantages, plus celui-ci devient stable et incorruptible.

11 AVRIL

Notre capacité à sourire est un trait typiquement humain. Si vous souriez, vous rendrez les autres heureux, et de la même manière vous serez heureux si les autres vous sourient.

D'autre part, personne n'aime un visage renfrogné. C'est la nature humaine.

À l'inverse, si vous souriez sincèrement, tout le monde sera content. Cela démontre le plaisir inné que nous trouvons dans l'amitié.

La nature humaine nous porte à vivre dans l'amitié et l'harmonie. Nos vies deviennent alors heureuses et pleines de sens.

12 AVRIL

Essayer de faire du bien aux autres, directement ou indirectement, en utilisant la pleine capacité de votre corps, de votre parole et de votre esprit, est ce qui donne pleinement son sens à votre vie.

Même si vous en êtes encore incapable, poursuivez au moins votre effort. Il est toujours préférable d'imaginer que vous accomplirez des actes bénéfiques.

13 AVRIL

Il n'existe aucun courage ou détermination mentale plus fort et plus pur que l'esprit d'Éveil. Vous pouvez bien sûr répondre aux maux provoqués par les autres, mais sans jamais laisser la compassion et l'amour quitter votre esprit.

14 AVRIL

Il y a deux façons d'être vertueux.

En accumulant le mérite, qui est généré par la compassion, l'amour et l'esprit d'Éveil.

En renforçant la sagesse, qui s'acquiert en réfléchissant sur la signification du vide.

15 AVRIL

Dans notre vie de tous les jours, il est important de nous réconforter quand nous souffrons et sommes déprimé.

De la même façon, nous avons besoin de nous reconnecter à la terre quand nous devenons trop enthousiaste.

Si nous avons le courage d'affronter l'adversité et les problèmes, ils ne perturberont pas notre équilibre mental.

16 AVRIL

Avoir une morale est plus important qu'avoir une trop grande générosité. La pratique de la morale est la base d'un esprit stable.

Cet esprit paisible et calme nous permet d'engendrer l'amour et la compassion. Ces deux attitudes sont saines et nous libèrent de la jalousie, de la peur et de la colère.

17 AVRIL

Encourager la conscience intérieure, l'introspection et le raisonnement est plus efficace que méditer et prier.

18 AVRIL

La religion, l'idéologie, l'économie et les systèmes politiques sont des créations de l'homme.

Ils doivent donc rester en étroite relation avec les sentiments et l'esprit humain. S'ils sont pratiqués avec un fort sentiment humain, ils comblent quelques-unes des aspirations les plus élémentaires.

Les différentes religions et idéologies ont un sens pour l'humanité.

19 AVRIL

Le niveau humain de développement mental n'est pas complet. Même au degré le plus élémentaire, il y a encore de nombreuses choses à explorer dans notre état intérieur. Cela n'a rien à voir avec une idéologie religieuse. C'est spirituel.

Une partie des capacités du cerveau ne peut être pleinement utilisée qu'à travers une profonde méditation. Mais, parallèlement, les choses peuvent être explorées dans des conditions plus ordinaires.

De ce point de vue, l'être humain est inachevé.

20 AVRIL

Apprendre à pardonner est beaucoup plus utile que de simplement ramasser une pierre et la jeter à la cause de notre colère, d'autant plus quand la provocation est extrême.

C'est dans la plus grande adversité que réside la plus grande capacité à faire le bien, à la fois pour soi-même et pour les autres.

21 AVRIL

Un arbre fleuri devient nu et dépouillé en hiver. La beauté se change en laideur, la jeunesse en vieillesse et la faute en vertu.

Les choses ne restent pas identiques et rien n'existe vraiment. Les apparences et le vide existent donc simultanément.

22 AVRIL

Le bonheur et la satisfaction humains doivent en dernier ressort provenir de l'intérieur de soi.

C'est une erreur que d'attendre une satisfaction ultime à partir de l'argent ou de la technologie.

23 AVRIL

Pour découvrir la nature intérieure de quelqu'un, il faut prendre le temps, avec calme et relaxation, de penser avec plus d'introspection et de sonder le monde intérieur.

24 AVRIL

Si une personne a un esprit calme et stable, cela influence son attitude et son comportement vis-à-vis des autres.

En d'autres termes, si quelqu'un reste dans un état d'esprit paisible et tranquille, les événements extérieurs le dérangent à peine.

25 AVRIL

Si nous sommes attachés aux objets et aux gens, nous ne comprenons pas leur vraie nature.

Nous ne pouvons nous détacher des choses qu'en prenant conscience de leur vraie nature.

26 AVRIL

La conscience est comme du cristal ; tant qu'il repose sur une surface colorée, vous ne voyez pas la clarté incolore de la pierre, mais une fois que vous éloignez le cristal de la surface, vous pouvez percevoir son éclat réel.

27 AVRIL

Si vous voulez changer le monde, essayez d'abord de vous améliorer et de changer vous-même.

À partir de là, cela deviendra de plus en plus envisageable. Car chaque chose que nous faisons a un effet.

28 AVRIL

La capacité humaine est la même pour tous. Nous avons tous le pouvoir de la pensée.

Si vous avez en plus le pouvoir de la volonté, vous aurez la possibilité de faire alors ce que vous désirez. On dit alors que vous êtes votre propre maître.

29 AVRIL

Pour cesser de naître dans une existence cyclique, méditez sur le sentier ; même si votre tête est en feu, engagez-vous à pratiquer et ne perdez pas de temps à éteindre le feu.

Il est nécessaire d'aider les autres, pas seulement par nos prières mais aussi dans nos vies quotidiennes.

Si nous réalisons que nous ne pouvons pas les assister, le moins que nous puissions faire est de cesser de leur faire du mal.

MAI

1er MAI

Considérez votre corps et votre esprit comme un laboratoire ; engagez-vous dans une recherche minutieuse sur votre propre fonctionnement mental, et examinez la possibilité d'apporter quelques changements positifs en vous-même.

2 MAI

Le vide devrait être compris dans le contexte d'une « émergence dépendante » et il devrait évoquer un sens de plénitude, de choses créées à partir de causes et de conditions.

Nous ne devrions pas penser que le « moi » est quelque chose qui est présent à l'origine et éliminé en cours de méditation ; en fait, c'est quelque chose qui n'a jamais existé en premier lieu.

3 MAI

Si nous sommes très patients, ce que nous pourrions normalement considérer comme très douloureux ne le paraîtra finalement pas tant.

Mais, sans patience, même la plus petite chose devient insupportable. Tout dépend de notre attitude.

4 MAI

Les idéaux sont très importants dans la vie.

Sans eux vous ne pouvez pas agir. Que vous les accomplissiez ou non est sans grande importance. Mais vous devez essayer de vous en approcher.

5 MAI

Une bonne motivation entraîne une bonne action.

La beauté de l'action est dans la méthode, et la bouddhéité est la beauté du résultat.

Généralement, la beauté équivaut à quelque chose de positif, mais si vous êtes subjectivement trop attaché à elle et l'utilisez incorrectement, elle peut conduire à la destruction.

6 MAI

On peut parler d'amitié authentique quand celle-ci repose sur un véritable sentiment humain, une sensation de proximité dans laquelle s'affirme un sens du partage et de l'attachement.

Ce type d'amitié peut être considéré comme authentique parce qu'il n'est pas affecté par l'augmentation ou la baisse de la richesse de l'individu, de son statut ou de son pouvoir.

7 MAI

Rencontrer des souffrances contribue activement à l'élévation de votre pratique spirituelle, à condition que vous soyez capable de transformer la calamité et la malchance en chemin.

8 MAI

Quand nous sommes capables de reconnaître et de pardonner les actes d'ignorance commis dans le passé, nous nous fortifions et devenons à même de résoudre les problèmes du présent de manière constructive.

9 MAI

La principale cause de dépression n'est pas un manque de moyens matériels, mais une privation d'affection de la part d'autrui.

10 MAI

Il est nécessaire de combiner l'audition, la pensée et la méditation.

Quand vous commencez à pratiquer, ne soyez pas trop exigeant. Nous vivons à l'époque de la technologie et de l'automatisation, vous pourriez donc penser que le développement intérieur est aussi une pratique automatique pour laquelle il suffit d'appuyer sur un bouton pour que tout s'accomplisse. Ce n'est pas le cas.

Le développement personnel n'est pas facile et demande du temps.

11 MAI

Les rêves sont une idée de l'esprit. Il n'y a pas d'objets tangibles sous ces seules apparences.

De la même façon, moi et les autres, *samsara* et *nirvana*, sont désignés par leur nom et la connaissance que l'on en a.

Il n'y a donc aucune existence inhérente à un quelconque objet.

12 MAI

La culpabilité, telle qu'elle est expérimentée dans la culture occidentale en relation avec le manque d'espoir et le découragement, est tournée vers le passé.

Cependant, les remords authentiques constituent un état d'esprit des plus sains, orienté vers l'avenir et en relation avec l'espoir, nous conduisant à agir, à changer.

13 MAI

Le temps ne s'arrête jamais et continue de couler. Non seulement il s'écoule sans se préoccuper des obstacles, mais, de la même manière, notre vie continue également à aller sans cesse de l'avant.

Si quelque chose va mal, nous ne pouvons pas remonter le temps et essayer à nouveau. En un sens, il n'y a pas véritablement de deuxième chance.

14 MAI

Un proverbe indien dit : « Si vous êtes frappé par une flèche empoisonnée, il est important en premier lieu de l'arracher ; vous n'avez pas le temps de demander qui l'a tirée, de quelle sorte de poison il s'agit, etc. Résolvez tout d'abord le problème immédiat, et enquêtez plus tard. »

Aussi, quand nous sommes confrontés à la souffrance humaine, il est important de réagir avec compassion plutôt que de s'interroger sur les caractères de ceux que nous aidons.

15 MAI

Les relations humaines s'appuyant sur la compassion mutuelle et l'amour sont fondamentalement importantes et nécessaires au bonheur humain.

16 MAI

Plutôt que d'être malheureux et odieux, nous devrions nous réjouir du succès des autres.

17 MAI

Pour un méditant qui a atteint un certain degré de stabilité et de réalisation, chaque expérience vient comme un enseignement. Chaque événement, chaque expérience à laquelle on est exposé se révèle être une forme d'apprentissage.

18 MAI

Dans les circonstances présentes, personne ne peut prétendre que quelqu'un d'autre va résoudre ses problèmes.

Chaque individu est responsable du fait d'aider à guider la totalité de notre communauté dans la bonne direction.

Les bons vœux ne suffisent pas ; nous devons nous engager de la manière la plus active.

19 MAI

Chacun de nous doit initier un chemin de vie en pleine conscience de soi et avec compassion, dans le but de faire aussi bien qu'il peut.

Ainsi, quoi qu'il arrive, nous n'aurons pas de regrets.

20 MAI

En tibétain, le mot « bénédiction » signifie « transformation au moyen de la majesté ou du pouvoir ».

En résumé, une bénédiction provoque, par suite de l'expérience, une transformation dans l'esprit d'autrui, et ce pour le meilleur.

21 MAI

Les bénédictions ne suffisent pas. Elles doivent venir de l'intérieur. Sans un effort personnel, il est impossible qu'elles atteignent leur but.

22 MAI

À l'image de la rouille qui provient du fer, qui l'use, accomplir un acte sans examen préalable nous détruirait en nous projetant dans un état négatif d'existence.

23 MAI

Tout ce qui contredit l'expérience et la logique devrait être abandonné.

24 MAI

Faites des efforts pour considérer comme transitoires toutes les circonstances adverses et troubles. Comme des ondulations dans une flaque, elles apparaissent et bientôt disparaissent.

De ce point de vue, comme nos vies sont conditionnées par le karma, elles se caractérisent par des cycles de problèmes sans fin. Un problème apparaît puis s'estompe et, bientôt, un autre surgit.

25 MAI

Les innombrables étoiles et constellations que nous voyons aujourd'hui ont été progressivement formées et découvertes, mais plus les télescopes sont puissants, plus nous trouverons d'étoiles et de vies.

Donc, plus nous avons le pouvoir de voir, plus il y a à voir.

26 MAI

Si nous nous examinons chaque jour avec attention et vigilance, interrogeant nos pensées, nos motivations et leurs manifestations dans notre comportement extérieur, une réelle opportunité de changement et de perfectionnement personnel peut émerger en nous.

27 MAI

L'attitude d'autosatisfaction nous rend très crispé ; nous nous croyons extrêmement important, et notre désir le plus fondamental est d'être heureux, que tout aille pour le mieux.

Mais l'autosatisfaction ne peut jamais rendre heureux.

28 MAI

« *Aussi loin que l'espace s'étend, et pour aussi longtemps qu'il reste des êtres vivants, fasse que je puisse aussi, fidèlement, chasser la misère du monde.* »

Shantideva

29 MAI

Les choses constructives, les expériences humaines les plus heureuses, sont le plus souvent motivées par le respect des droits de l'autre, la prise en compte de son bien-être – la compassion, l'amour et la gentillesse.

30 MAI

Si on veut plus de sourires dans la vie, on doit créer les conditions pour qu'ils apparaissent.

31 MAI

Si vos motifs sont sincères, vous obtiendrez une attitude ouverte en retour.

C'est le moyen idéal pour une véritable communication humaine, et pas seulement un acte de pure forme.

Juin

1er juin

Quand l'avidité extrême ou d'autres émotions négatives surviennent, nous devrions y être préparés.

Si vous optez pour une attitude clémente quand une émotion négative survient, cette dernière deviendra plus forte.

C'est pourquoi, il vaut mieux la repousser ou la rejeter dès son apparition.

2 JUIN

La chose la plus importante dans la vie est l'affection humaine. Sans elle, on ne peut accéder à un bonheur authentique.

Et si nous voulons une vie plus heureuse, une famille plus heureuse, des voisins plus heureux ou une nation plus heureuse, la clef de la réussite est la qualité intérieure.

3 JUIN

D'où provient l'affection et comment la développer ou l'augmenter ?

Dès lors que l'esprit humain existe, la « graine » de l'affection existe.

Bien que les pensées – négatives et positives –, les émotions fassent toutes partie de l'esprit humain, la force dominante dans la conscience humaine reste l'affection.

4 JUIN

Il ne suffit pas d'être compatissant. Vous devez agir. Il y a deux aspects dans l'action.

L'un consiste à vaincre les distorsions et les détresses dans votre propre esprit, ce qui revient en définitive à calmer et chasser la colère. C'est l'action hors de la compassion.

L'autre est plus social. Si l'on est véritablement concerné par le fait d'aider vraiment les autres, il faut s'engager, agir quand quelque chose a besoin d'être accompli pour apaiser les maux dans le monde.

5 JUIN

Nous sommes tous ici, sur cette planète, comme des touristes. Aucun de nous n'est éternel.

C'est pourquoi, pendant que nous sommes là, nous devrions essayer d'avoir un cœur bon, de faire quelque chose de positif et d'utile de nos vies.

Que nous vivions simplement quelques années ou tout un siècle, il serait vraiment regrettable et triste de passer ce temps à aggraver les problèmes qui affligent les gens, les animaux et l'environnement. Le plus important est d'être un être humain bon.

6 JUIN

Quelquefois, nous regardons la politique et nous la critiquons car nous la trouvons sale et grossière. Cependant, si vous l'observez de plus près, elle n'est pas mauvaise en elle-même.

Avec une bonne motivation – alliant sincérité et honnêteté –, la politique devient un instrument au service de la société. Mais quand elle est motivée par l'égoïsme et la haine, la colère ou la jalousie, elle devient « sale ».

7 JUIN

Être conscient d'un seul de ses défauts est plus utile qu'être informé de mille travers chez quelqu'un d'autre.

Plutôt que de dire du mal des gens, en des termes qui produiront des frictions et des troubles dans leurs vies, nous devrions nous attacher à une perception plus pure à leur encontre, et quand nous parlons d'eux évoquer leurs qualités.

8 JUIN

Dans le but de développer notre compassion, de « cultiver » notre capacité à compatir et à aimer, inhérente à chacun de nous, il est crucial de contrer les forces qui s'y opposent.

C'est dans ce contexte que la pratique de la patience ou de la tolérance devient très importante, parce que c'est grâce à cela que l'on peut vaincre les obstacles à la compassion.

9 JUIN

Si vous avez le désir naturel, instinctif d'être heureux et de surmonter la souffrance, c'est le cas de tous les êtres sensibles. Et vous avez le droit de satisfaire cette aspiration innée, à l'égal de tous les êtres humains.

10 JUIN

La compassion réellement authentique et l'attachement sont contradictoires.

Selon la pratique bouddhiste, pour développer une compassion authentique vous devez en premier lieu pratiquer la méditation d'égalisation et de sérénité, vous détachant vous-même des gens qui vous sont très proches. Puis vous devez mettre un terme aux sentiments négatifs dirigés vers vos ennemis. Tous les êtres sensibles devraient être considérés comme égaux.

C'est sur cette base que vous pouvez progressivement développer une compassion authentique envers chacun d'eux.

11 JUIN

Si nous avons une attitude mentale positive, alors, même encerclé par l'hostilité, nous ne manquerons pas de paix intérieure.

Si par contre notre attitude mentale est plus négative, influencée par la peur, le soupçon, l'impuissance, ou le dégoût de soi, alors, même entouré par nos meilleurs amis, dans une atmosphère agréable et un environnement confortable, nous ne serons pas heureux.

C'est pourquoi l'attitude mentale est très importante : c'est elle qui offre une vraie différence pour le niveau et la qualité de notre bonheur.

12 JUIN

Avant que nous puissions générer de la compassion et de l'amour, il est important d'avoir une compréhension claire de ce que nous considérons comme étant de la compassion et de l'amour.

Plus simplement, la compassion et l'amour peuvent être définis comme des pensées positives et des sensations qui permettent l'émergence de choses essentielles dans la vie, telles que l'espoir, le courage, la détermination et la force intérieure.

13 JUIN

S'il y a de l'amour, il y a l'espoir d'avoir de vraies communautés, une vraie fraternité, une vraie sérénité, une vraie paix.

Si par contre vous avez perdu l'amour de votre esprit, si vous continuez à voir les autres êtres comme des ennemis, alors, quelles que soient votre connaissance ou votre éducation, quel que puisse être le progrès matériel, seules la souffrance et la confusion en résulteront.

14 JUIN

L'autodiscipline, bien que difficile, lorsque l'on combat les émotions négatives, devrait être une mesure défensive. Au moins, nous serions capables de prévenir l'émergence de comportements négatifs issus d'émotions négatives.

C'est ce que l'on nomme *shila*, l'éthique morale. En nous familiarisant avec elle, avec attention et pleine conscience, ce modèle devient finalement une partie de notre propre vie.

15 JUIN

Nous devons avoir la conviction que le chemin que nous suivons mène à la vérité ultime et apprendre à concilier cette contradiction : la voie que je suis est la vérité ultime pour moi et la voie que suit mon voisin le mène également à sa vérité.

16 JUIN

Que l'on croie ou non en une religion, que l'on croie ou non en la réincarnation, il n'y a personne qui n'apprécie la gentillesse et la compassion.

17 JUIN

Nous avons besoin les uns des autres. Il nous faut, par conséquent, acquérir un sens universel de notre responsabilité.

C'est notre responsabilité, collective autant qu'individuelle, de protéger et de nourrir la famille planétaire, de soutenir ses membres les plus faibles, de protéger et de prendre soin de l'environnement dans lequel nous vivons tous.

18 JUIN

Nous ne pouvons pas apprendre la vraie patience et la tolérance d'un gourou ou d'un ami. Elles ne peuvent être pratiquées que lorsque nous entrons en contact avec quelqu'un qui génère des expériences désagréables.

D'après Shantideva, les ennemis sont vraiment bons pour nous, car nous pouvons apprendre beaucoup grâce à eux et construire ainsi notre force intérieure.

19 JUIN

Si notre vie est simple, le contentement doit advenir. La simplicité est extrêmement importante pour le bonheur.

Avoir peu de désirs, être satisfait de ce que vous avez, est vital ; avec simplement assez de nourriture, des vêtements et un abri pour vous protéger des éléments.

Et finalement, vous trouverez une joie intense dans le fait d'abandonner les états d'esprit négatifs et d'en développer de plus agréables par la méditation.

20 JUIN

Il est essentiel d'étudier et d'acquérir une éducation. Former l'esprit est un processus de familiarisation.

Pour le bouddhisme, la familiarisation, ou méditation, fait référence à la transformation positive de l'esprit, qui consiste en l'élimination de ses défectuosités et l'amélioration de ses qualités positives.

À travers la méditation, nous pouvons entraîner nos esprits de telle manière que les penchants négatifs soient abandonnés et les qualités positives produites et renforcées.

21 JUIN

Le but de toutes les grandes traditions religieuses n'est pas de construire de grands temples à l'extérieur, mais de créer des temples de bonté et de compassion à l'intérieur, dans nos cœurs.

22 JUIN

Physiquement vous êtes un être humain, mais mentalement vous êtes incomplet. Étant donné que nous avons cette forme physique humaine, nous devons sauvegarder notre aptitude mentale au jugement.

Pour ce faire, notre seule assurance est intérieure : elle allie l'autodiscipline, la conscience de soi et une claire compréhension des inconvénients de la colère comme des effets positifs de la gentillesse.

23 JUIN

La mort fait partie de toutes nos vies. Que nous l'acceptions ou non, cela doit arriver. Au lieu d'éviter d'y penser, il est préférable de tenter de comprendre sa signification.

Nous avons tous le même corps, la même chair humaine, et par conséquent nous allons tous mourir. Il y a une grande différence, bien entendu, entre la mort naturelle et la mort accidentelle, mais fondamentalement la mort viendra tôt ou tard.

Si dès le début votre attitude vous amène à penser : « Oui, la mort fait partie de nos vies », alors il pourra être plus facile de l'affronter.

24 JUIN

En cherchant les objets par analyse, on ne les trouve pas, ce qui ne veut pas dire qu'ils n'existent pas, mais simplement qu'ils n'ont pas d'existence inhérente, absolue, intrinsèque.

Si vous méditez cela régulièrement, un jour vous en aurez la confirmation.

25 JUIN

Si un être humain communique avec sincérité, son interlocuteur appréciera. S'il le trompe, il va réagir en conséquence, qu'il soit ou non croyant, riche ou pauvre, instruit ou sans éducation.

Par conséquent, la compassion et l'honnêteté existent parce que nous ne voulons pas tromper les gens, et parce que nous avons tous le droit d'être heureux.

26 JUIN

Essayez de devenir bon avec un cœur chaleureux, sans vous soucier de savoir si vous êtes un politicien, un religieux, un homme d'affaires ou quoi que ce soit d'autre.

Le comportement individuel de tout un chacun peut contribuer à rendre une famille ou une communauté plus heureuse.

27 JUIN

Une fois que vous initiez un esprit de renonciation envers les attachements et les plaisirs de cette vie, vous pensez naturellement aux plaisirs futurs et vous engendrez un attachement envers la prochaine vie.

28 JUIN

Pour développer la confiance en soi, il est utile de méditer sur la précocité de la renaissance humaine.

Avec l'aide du corps humain et de l'intelligence humaine nous pouvons tout accomplir si nous faisons un effort.

29 JUIN

De nombreuses personnes, notamment en Occident, ont peu d'amour-propre. Cela est très dangereux et véritablement insensé.

Nous avons un corps, un cerveau et la sagesse. Si nous nous entraînons par le biais de la méditation et de l'altruisme, nous pouvons développer notre esprit.

Avec du temps et des efforts, il peut changer. En ayant constamment conscience de la positivité et de la négativité, les choses évoluent.

La confiance en soi, que ce soit dans les pratiques religieuses ou la vie sociale, est un élément très important.

30 JUIN

La prise de conscience de l'impermanence est essentielle, parce que vous vous rendez compte que celle-ci se produit simplement à travers ses propres causes.

Par conséquent, la désintégration ou la nature impermanente des phénomènes ne dépend pas du besoin de connexion avec de nouvelles causes et conditions.

De par leur nature intrinsèque, produite par leurs propres causes et conditions, ils sont naturellement soumis à la désintégration et au changement.

JUILLET

1er JUILLET

Je n'ai aucune idée quant à la manière de résoudre les crises globales, il vaut donc mieux en parler sur un plan pratique. Aujourd'hui, en plus des catastrophes naturelles, il existe différents problèmes créés artificiellement par l'homme, qui sont le résultat de négligences de longue date. Ces événements ne se sont pas produits soudainement. Ils ont tous leurs causes et conditions.

Une cause et une condition génèrent une autre cause, une autre condition, et ainsi de suite jusqu'à ce que les choses deviennent finalement hors de contrôle.

La plupart de ces événements résultent d'émotions humaines hors de contrôle. Quand de telles calamités surviennent, il est très difficile de les appréhender.

L'émotion humaine doit donc être combinée avec l'intelligence adéquate.

2 JUILLET

Dès lors que l'esprit et la conscience sont complètement développés et éveillés, sans aucun obstacle, l'état de l'esprit de Bouddha est atteint : celui que nous appelons l'Éclaircissement. C'est aussi une qualité mentale.

Le sujet transformé est l'esprit, de même que le transformateur et l'état transformé qui en résulte.

Certaines personnes décrivent le bouddhisme comme une science de l'esprit. Il semble approprié de l'expliquer ainsi.

3 JUILLET

Nos véritables ennemis sont les émotions humaines telles que la haine, la jalousie et la fierté : les vrais destructeurs de notre futur et de notre bonheur.

Il est très difficile de les combattre sans prendre des mesures défensives adéquates.

L'autodiscipline, qui n'est pas toujours aisée à atteindre pendant que l'on combat les émotions négatives, devrait être une mesure défensive.

4 JUILLET

Habituellement, selon les enseignements bouddhistes, vous n'avez pas à faire face aux conséquences d'une action que vous n'avez pas commise ; par contre, une fois que vous en avez commis une, le résultat n'en sera jamais perdu, et vous devrez en éprouver les effets tôt ou tard.

5 JUILLET

Pourquoi est-ce que nous venons au monde ?

La nature est la nature. Il n'y a pas de réponse.

6 JUILLET

Nous survivons dans l'attente et l'espoir du bonheur.

Aucun de nous ne veut souffrir. Le but de notre vie est d'atteindre le bonheur.

On peut l'atteindre au niveau physique et mental ; de la même manière qu'on peut alléger ou diminuer le niveau de la souffrance.

7 JUILLET

Bien que vous soyez centré sur votre bonheur personnel et votre bien-être, une fois que vous êtes à même de comprendre combien votre vie personnelle est dépendante de tout ce qui vous entoure, vous devenez capable d'élargir votre perspective et votre compréhension de la réalité.

Cette perspective élargie va vous permettre de générer une vie plus harmonieuse, aussi bien pour vous-même que pour les autres.

8 JUILLET

En développant notre motivation et notre attitude compatissante envers les autres, nous créons une façon de penser et des attitudes positives qui nous aident à trouver et à garder une position solide requise en toutes circonstances.

9 JUILLET

Pourquoi devrions-nous nous retenir de nuire aux autres ? À cause de notre « interdépendance ».

Notre futur dépend d'autrui.

10 JUILLET

La compassion est la méthode, la sagesse, la voie philosophique de compréhension de la réalité.

La combinaison de la sagesse et de la motivation est le moyen le plus adéquat pour transformer votre attitude mentale, notamment dans le cas de certaines émotions telles que la colère ou l'attachement, résultant d'humeurs passées.

Si vous en recherchez les causes et développez des contre-mesures positives, ces émotions négatives commenceront à se désagréger.

11 JUILLET

La perception de l'interdépendance favorise une grande ouverture d'esprit.

En général, au lieu de réaliser que ce que nous éprouvons résulte d'un enchevêtrement compliqué de causes, nous en arrivons à attribuer le bonheur ou la tristesse, par exemple, à des origines individuelles.

Mais si c'était le cas, dès que nous serions en contact avec ce que nous considérons comme bon, nous serions automatiquement heureux, et inversement, dans le cas de choses mauvaises, invariablement triste.

12 JUILLET

Nous estimons qu'une action est positive ou négative non pas en fonction de son propre contenu, mais selon la joie ou la peine qu'elle procure.

Tout dépend donc de la motivation, et le texte dit : « Soumets ton esprit. »

Un esprit qui n'est pas discipliné va souffrir, alors qu'un esprit qui est sous contrôle sera en paix.

13 JUILLET

Lorsque l'esprit développe des qualités spirituelles et parvient à se débarrasser de tout ce qui l'entrave, il gagne la capacité de voir clairement la réalité des phénomènes, jusqu'à ce qu'il perçoive la nature ultime sans plus aucune obstruction.

Cette perception des phénomènes tels qu'ils sont réellement est la sagesse qui connaît toute chose sans la moindre idée fausse.

C'est un état de sagesse qui ne peut être ni voilé ni détérioré.

14 JUILLET

La nature de l'esprit, clair et conscient, est libre de tout défaut ; il ne peut pas être affecté par les obscurantismes.

Aucun phénomène, qu'il soit mental ou extérieur, ne peut l'affecter. Rien ne peut modifier cette qualité naturelle, qui est le caractère inné de l'esprit.

La croyance en la réalité des choses est fondée sur une perception inexacte et s'avère complètement opposée à la nature de l'esprit.

15 JUILLET

L'ignorance, c'est-à-dire la croyance selon laquelle les choses sont vraies, est extrêmement puissante. Mais nous devrions nous souvenir que c'est une erreur ; c'est un malentendu auquel nous nous accrochons, mais qui n'a en réalité aucun fondement.

Son contraire, la compréhension selon laquelle les phénomènes n'ont aucune réalité, est fondée sur une vérité logique qui résiste à tous les arguments.

Si l'on se familiarise avec cette compréhension, elle peut être développée indéfiniment, dès lors que c'est à la fois la vérité et une qualité naturelle de l'esprit.

16 JUILLET

Quand l'esprit est complètement libéré des émotions et des tendances négatives, il comprend et connaît tous les phénomènes.

En nous exerçant et en utilisant les bonnes méthodes, nous pouvons concrétiser notre potentiel pour atteindre une telle omniscience.

C'est seulement parce qu'il existe des voiles obscurs entre l'esprit et son objet que nous sommes incapables de connaître toutes les choses.

Une fois que ces voiles sont dissipés, nous n'avons besoin d'aucun nouveau pouvoir. Voir et être conscient est la nature même de l'esprit.

17 JUILLET

Aussi longtemps que l'esprit existe, il a la capacité de savoir. Mais cette aptitude ne se révèle pas tant que tous les obscurantismes n'ont pas été supprimés.

C'est ce que signifie le fait d'atteindre l'Illumination. Si nous y pensons tout au long de ces lignes, l'envie d'y parvenir grandira en nous.

18 JUILLET

Si l'on veut atteindre l'Illumination, même pour notre propre compte, il nous faut savoir ce qui est gagné en étant éclairé et ce qui est perdu en ne l'étant pas.

19 JUILLET

Pour atteindre l'ultime omniscience et être capable d'en faire bénéficier tous les êtres, il est nécessaire d'avoir une vie humaine, car elle est le support suprême pour progresser vers l'Illumination.

Afin de l'obtenir et qu'elle soit une renaissance heureuse, il faut éviter les actions non vertueuses qui conduisent à une naissance dans les royaumes inférieurs du *samsara*.

20 JUILLET

Ayant abandonné les actions négatives, nous devons renoncer à leurs causes, qui sont les émotions négatives.

Le seul antidote à celles-ci est la sagesse, qui connaît la « non-réalité » des choses.

D'après Nagarjuna et ses descendants spirituels, la racine des émotions négatives est l'ignorance qui conduit à croire que les phénomènes sont réels.

21 JUILLET

Pour atteindre l'Éclaircissement, nous devons éliminer non seulement les émotions négatives et leurs causes mais aussi les habitudes qui obscurcissent l'omniscience.

Dès que nous avons annihilé ces voiles obscurs, nous atteignons l'omniscience. Le sentier y menant est la sagesse, qui perçoit que les choses n'ont aucune réalité.

22 JUILLET

Si nous souhaitons aider les êtres, nous devons être capable de les libérer de la souffrance et de dissiper leur ignorance.

Cela signifie que nous devons nous-même avoir une vraie relation, et cela ne peut être accompli que par l'effort, par le développement d'une claire perspicacité et du calme mental.

23 JUILLET

Pour aider les autres, il n'est pas suffisant de le vouloir.

En effet, les pensées altruistes peuvent devenir une obsession et augmenter notre inquiétude.

Quand de telles pensées, bonnes et positives, sont combinées avec la sagesse, nous savons comment aider les autres efficacement et pouvons le faire réellement.

24 JUILLET

Nous voulons tous être heureux et ne point souffrir – personne n'a besoin de nous le dire.

Mais nous ne savons pas ce que nous devrions faire et éviter pour obtenir ce qui nous rend heureux.

Aussi, parce que nos émotions négatives sont si fortes, nous nous engageons dans de mauvaises actions, quand bien même nous pouvons voir ce qu'il y a de faux en elles.

Ce sont donc les émotions qui sont les véritables ennemies et empêchent chacun d'entre nous d'être bon.

25 JUILLET

Ceux que nous considérons normalement comme étant nos ennemis ne peuvent l'être tout au plus que pour une vie.

Mais les émotions négatives nous ont fait du mal depuis un temps sans commencement. Elles sont véritablement les pires des ennemis.

26 JUILLET

Tous les êtres humains ont des désirs extraordinaires !

Il y a des moments où les choses vous réjouissent, d'autres où elles vous attristent. Les hauts et les bas font partie de la destinée de chacun.

Le plus important dans cette existence, c'est de faire quelque chose qui puisse être un bienfait pour les autres. Il faut vraiment avoir une attitude altruiste, c'est ce qui donne un sens à la vie.

27 JUILLET

Si nous comprenons que tous les phénomènes, externes et internes, sont des rêves ou des illusions, alors nous aurons révélé le point faible de nos émotions négatives.

Donc, pour en venir à bout, nous n'avons pas besoin d'un arsenal de méthodes. Il nous suffit de reconnaître leur nature et de nous rendre compte qu'elles n'ont aucune base réelle.

28 JUILLET

Quand nous enquêtons avec soin, nous ne pouvons trouver que des « émotions négatives ». En réalité, il n'y a rien.

Quand nous regardons de plus près, nous réalisons que c'est à travers l'émergence conjointe des causes et des conditions que ces émotions acquièrent tant de pouvoir – elles n'en ont en fait aucun qui leur soit propre.

Il ne s'agit que d'un ensemble de facteurs que nous identifions et étiquetons.

En réalité, les émotions sont entièrement dépendantes d'autres choses. Le mal qu'elles nous font résulte de l'illusion.

Si nous parvenons à comprendre cela, les émotions négatives ne peuvent plus nous blesser.

29 JUILLET

La plus grande attention devrait être appliquée à tout ce que nous faisons et, à chaque moment, nous devrions être conscient de notre comportement physique, que ce soit dans la réalisation d'actes bénéfiques ou dans le fait d'éviter ce qui ne l'est pas.

Dans cette voie, l'esprit, tel un éléphant ivre, exaspéré par les trois poisons, sera attaché au pilier des actions positives avec la corde de l'attention et sera apprivoisé avec le crochet de la prévenance.

30 JUILLET

Essayons d'éviter toutes les actions négatives, à la fois celles qui le sont par nature et celles proscrites par le Bouddha en relation avec les vœux que nous avons pris.

Dans le même temps, gardons à l'esprit l'intention d'agir au bénéfice des autres.

31 JUILLET

La vie humaine est unique et se révèle être une opportunité favorable difficile à gagner.

Si nous ne l'utilisons pas pour le bénéfice des autres, quand aurons-nous à nouveau cette chance ?

Donnons donc de la valeur à cette occasion et développons la joie en estimant les autres davantage que nous-même. Notre détermination dans ce sens devrait être aussi inébranlable qu'une montagne.

AOÛT

1er AOÛT

La joie que nous pouvons éprouver à l'égard des actions positives des autres est inestimable.

Nous n'avons rien à y perdre dans la présente vie et elle est la cause d'un grand bonheur dans les vies futures.

2 AOÛT

Quelle est la meilleure façon d'accumuler les actions positives ?

Par-dessus tout, il nous faut un esprit positif qui soit fort et constant.

Ensuite, nous devons systématiquement et logiquement appliquer l'antidote au désir, à la haine et à l'ignorance.

3 AOÛT

La colère est la plus grande force destructrice.

Un instant de colère détruit toutes les actions positives accumulées au cours de milliers de kalpas dans la pratique de la générosité, dans les offrandes aux bouddhas, dans le respect de la discipline.

4 AOÛT

Nous devons faire un effort pour conserver un état d'esprit tranquille.

Parce que, à moins de nous séparer de tout sentiment de trouble, celui-ci va nourrir notre haine, grandissant sans cesse, jusqu'à finalement nous détruire.

5 AOÛT

La colère est pire que tout ennemi ordinaire.

Bien sûr, les ennemis ordinaires nous font du mal : c'est pourquoi nous les appelons « ennemis ». Mais le mal qu'ils nous font est commis pour les aider, eux ou leurs amis, et non pas gratuitement.

D'autre part, l'ennemi intérieur, la colère, n'a d'autre fonction que de détruire nos actions positives et de nous faire souffrir.

C'est pourquoi nous devrions l'affronter avec tous les moyens dont nous disposons. Maintenons un état d'esprit paisible et évitons de nous laisser submerger ou bouleverser.

6 AOÛT

Essayons de ne jamais laisser notre état d'esprit serein être dérangé. Que nous souffrions maintenant ou ayons souffert dans le passé, il n'y a aucune raison d'en être affligé. Si nous pouvons y remédier, pourquoi être malheureux ? Cela ne fait qu'ajouter encore plus de tristesse et ne produit aucun bien.

7 AOÛT

En général, nous devons faire beaucoup d'efforts pour parvenir au bonheur, alors que la souffrance vient naturellement. Le seul fait d'avoir un corps implique inévitablement de souffrir. Les souffrances sont nombreuses et leurs causes diverses.

Une personne sage peut parvenir au bonheur en transformant les sources de la tristesse en des conditions plus favorables. Nous pouvons ainsi utiliser la douleur comme moyen de progresser.

8 AOÛT

Si nous sommes très patients, ce que nous considérons habituellement comme très douloureux ne paraîtra pas si mauvais. Mais sans la moindre endurance, la plus petite chose devient insupportable. Tout dépend de notre attitude.

De la même façon, si nous pouvons développer une patiente endurance, nous serons capables de faire face aux plus grandes difficultés lorsqu'elles se dresseront devant nous.

9 AOÛT

Notre souffrance a aussi un côté positif.

D'abord, notre « suffisance » est minimisée ; nous apprenons à considérer la souffrance des autres et notre compassion se développe.

Ensuite, nous devenons plus prudent, afin de ne pas accumuler les causes de tourment.

10 AOÛT

Quand les autres nous blessent, nous devrions vérifier s'il est dans leur nature de nous faire du mal ou s'il s'agit simplement d'un acte temporaire.

Si c'est dans leur nature, alors il n'y a aucune raison de leur en vouloir.

Si c'est juste temporaire, ce n'est pas parce que leur nature est mauvaise : ils nous font du mal uniquement sous le coup d'influences momentanées, et de nouveau il n'y a pas de raison d'être en colère.

11 AOÛT

Si quelqu'un utilise une arme pour nous blesser, le véritable fautif est l'arme.

Ce qui nous blesse indirectement, c'est la colère de la personne.

Alors, si nous devons être fâché, ce doit être envers l'arme ou la colère qui est à l'origine de l'utilisation de l'arme. Retirez l'arme de la personne et sa colère et il ne reste rien envers quoi être contrarié.

12 AOÛT

Lorsque les gens que nous n'aimons pas sont loués et ouvertement appréciés, nous devenons logiquement jaloux. C'est une erreur.

Quand des choses agréables sont dites aux autres, nous devrions essayer de nous y associer, pour y puiser nous aussi un peu de bonheur.

Si nous pouvons éprouver un tant soit peu de satisfaction quand ceux que l'on déteste sont adulés, le bonheur que nous y trouvons est réellement positif et approuvé par les bouddhas.

13 AOÛT

La plupart des gens ne veulent rien entendre au sujet de la mort.

Mais si nous avons formé nos esprits, si nous pouvons affronter la mort avec confiance et de façon totalement positive, alors nous n'aurons rien à craindre.

Entre-temps, à tout moment dans notre vie, ces qualités nous aideront à réaliser de grandes choses.

Donc, pendant que nous pouvons encore profiter de cette précieuse vie humaine, avec laquelle nous pouvons accomplir tant de choses, ne nous laissons pas accabler par la paresse de sentiments peu enclins aux actions positives.

14 AOÛT

Quand nous mélangeons deux substances chimiques, une réaction s'accomplit et une nouvelle substance est produite.

De la même façon, si une personne très irritable met en pratique sa gentillesse durant une longue période, son caractère va peu à peu évoluer. Bien sûr, elle ne peut pas complètement se débarrasser de sa tendance à se mettre en colère, mais elle sera moins portée à le faire.

Cette transformation de caractère est possible grâce à l'interdépendance entre deux types de conscience, l'une agressive, l'autre affectueuse.

15 AOÛT

Avant de faire quoi que ce soit, nous devrions toujours nous demander si nous serons en mesure de l'accomplir correctement et de le mener à terme.

Si la réponse est non, il serait préférable de ne rien entreprendre. Laisser des tâches inaccomplies peut devenir une habitude.

Donc, une fois que nous avons commencé quelque chose, nous devrions être sûr de ne pas revenir sur notre décision.

16 AOÛT

La confiance en soi ne doit pas être confondue avec la fierté.

La fierté consiste à avoir une haute opinion de soi sans bonne raison.

La confiance en soi est la reconnaissance du fait que l'on a la capacité d'accomplir quelque chose correctement et d'être déterminé à ne pas abandonner.

17 AOÛT

La pratique spirituelle est difficile au début.

Vous vous demandez comment, sur terre, vous pouvez y parvenir. Mais à mesure que vous vous y habituez, elle devient progressivement plus facile.

Ne soyez pas trop têtu et ne vous investissez pas trop durement. Si vous pratiquez en plein accord avec votre capacité individuelle, vous y trouverez peu à peu plus de plaisir et de joie.

Alors que vous gagnerez en force intérieure, vos actions positives progresseront en profondeur et en qualité.

18 AOÛT

Puisque nous sommes impermanents, quelle valeur cela a-t-il d'être si attaché aux autres qui le sont également ?

Cela vaut-il vraiment la peine d'être fâché avec eux ?

Prenons le temps de réfléchir à cela et interrompons le courant de l'adhésion et de l'aversion.

19 AOÛT

Ne nous attachons pas aux plaisirs éphémères.

Seules les personnes ignorantes et embarrassées passent leur temps à amasser des possessions.

Elles finissent par souffrir mille fois autant qu'elles cherchent le bonheur.

20 AOÛT

Dans les endroits retirés, on peut méditer avec une concentration aiguisée, libéré des inquiétudes personnelles et de tout attachement.

C'est alors que les pensées du Bouddha et ses enseignements viennent naturellement à l'esprit.

21 AOÛT

Celui qui a de bonnes pensées fait beaucoup pour aider les autres et laisse derrière lui de bons souvenirs. Il est respecté partout dans le monde, sans que l'on se soucie de savoir s'il est religieux ou non.

À l'autre extrême, l'ignorance, l'arrogance et l'obstination de certains individus, que leurs intentions aient été bonnes ou mauvaises, ont été à l'origine de toutes les tragédies de l'Histoire.

22 AOÛT

Quand nous essayons de protéger notre corps, nous protégeons aussi certaines de ses parties, telles que nos mains et nos pieds.

De la même façon, dès lors que le bonheur et la souffrance des autres sont les mêmes que les nôtres, nous devons les éloigner du malheur comme nous le ferions pour nous.

23 AOÛT

Quand vous décidez d'endiguer votre colère ou votre haine, il n'est pas suffisant de faire un vœu pieux. Même si cela peut aider, ce simple souhait ne vous mènera pas très loin.

Vous devez faire un effort concerté pour suivre une discipline assumée en pleine conscience. Vous devrez l'appliquer à tout moment de votre vie pour réduire la force de votre colère et renforcer son contraire, l'altruisme.

Telle est la voie pour discipliner l'esprit.

24 AOÛT

L'agitation survient quand notre esprit est troublé et que nous sommes surexcités.

L'antidote pour y remédier consiste à trouver le moyen de ramener cette excitation à un niveau plus sobre.

Vous devez pour cela avoir en tête des pensées et des idées qui ont habituellement un effet apaisant, comme la mort et la nature transitoire de la vie ou encore le côté fondamentalement insatisfaisant de l'existence humaine.

25 AOÛT

Tout ce qui engendre le désastre ou qui nous blesse devrait être appelé « ennemi ». L'ennemi ultime est donc actuellement en nous-même. C'est ce qui rend les choses si difficiles.

Si notre ennemi est à l'extérieur, nous pouvons essayer de nous enfuir ou de nous cacher. Nous pouvons même quelquefois parvenir à le tromper.

Mais si l'ennemi est en nous, il est très difficile d'agir.

C'est pourquoi la question critique pour un pratiquant spirituel est de savoir si oui ou non il est possible de vaincre cet ennemi invisible.

C'est aussi le principal défi qui s'offre à chacun de nous.

26 AOÛT

Qu'est-ce qui est le plus important ?

D'un simple point de vue numérique, si nous voulons être bon joueur, nous devons accepter que l'intérêt des autres soit plus important que le nôtre.

Concrètement, nous savons que les questions qui affectent le plus de personnes sont généralement dotées d'une plus grande signification que celles qui en affectent moins.

27 AOÛT

Même quand vous êtes peu éclairé, votre vie est tellement imbriquée avec celles des autres que vous ne pouvez pas réellement vous imposer à l'extérieur en tant qu'individu isolé.

De même, lorsque vous suivez une trajectoire spirituelle, de nombreuses réalisations dépendent de votre interaction avec autrui, tant et si bien que là encore les autres sont indispensables.

Et, même quand vous avez atteint le plus haut état d'Illumination, vos activités « éclairées » sont au bénéfice des autres.

En effet, les activités d'Éveil et d'Éclaircissement se produisent spontanément en vertu du fait que les autres existent, si bien qu'ils deviennent indispensables.

28 AOÛT

Nous pouvons nous demander : « Quel avantage, en tant qu'individu, résulte de mon égocentrisme et de la croyance dans mon existence ? »

Si vous y réfléchissez profondément, vous vous rendrez compte que la réponse est « pas grand-chose ».

29 AOÛT

Le bonheur et la douleur changent tout le temps.

Aussi, si vous utilisez cette logique, il n'y aurait aucune raison de rechercher le bonheur, et aucune nécessité de faire un effort pour nous soulager de la souffrance !

S'ils changent constamment, nous pouvons alors simplement nous coucher et attendre.

Je ne pense pas que cela soit la meilleure manière. Nous devrions au contraire délibérément essayer d'activer le bonheur et, quelles que soient les causes de la souffrance, nous devrions fermement essayer de les vaincre.

30 AOÛT

Si vous êtes pleinement conscient de la réelle portée malfaisante de la colère, essayez de considérer la vôtre de ce point de vue.

Mais cela dépend également de l'objet de votre courroux. S'il est dirigé vers une personne, pensez à quelques-unes de ses qualités. Vous pourrez ainsi réduire votre colère.

Si par contre votre colère résulte d'une expérience douloureuse, il existe alors des justifications concrètes.

Mais même dans ce cas, si vous y réfléchissez attentivement, il n'y a aucun intérêt à en être irrité.

31 AOÛT

Deux des éléments principaux de la trajectoire bouddhiste, compassion et renonciation, sont considérés comme deux côtés de la même pièce.

La véritable renonciation survient quand on a une perception authentique de la nature de la souffrance concentrée en soi.

La vraie compassion émerge lorsque ce point de focalisation se tourne vers les autres ; de telle sorte que la différence tient uniquement à l'objet sur lequel se fixe notre attention.

Septembre

1er septembre

Le vrai bonheur ne provient que d'un karma vertueux. C'est l'accumulation de bonnes actions qui produisent des « graines » dans l'esprit, lesquelles germent et se transforment en réalisations positives.

Le meilleur moyen d'éliminer les erreurs consiste à donner naissance à l'esprit du Bouddha, appelé bodhicitta.

2 SEPTEMBRE

Quelle que soit votre apparence extérieure, ou ce que les autres pensent de vous, la chose la plus importante est d'être votre propre témoin, pour éviter regrets et remords.

Et de temps à autre faites un examen interne consciencieux !

3 SEPTEMBRE

Avec votre capacité actuelle, commencez en pratiquant de petites choses, sans vous engager dans des pratiques trop avancées.

Elles se transformeront d'elles-mêmes, peu à peu. Goutte après goutte, l'océan se forme. Ne regardez pas trop loin devant, mais commencez le voyage maintenant.

4 SEPTEMBRE

L'abandon des fautes et l'accession à la vertu sont essentiellement accomplis par l'esprit, lequel dispose d'une extraordinaire gamme de possibilités.

Pendant que vous m'écoutez et me regardez, vous percevez simultanément différentes choses, différentes sources de connaissance : sons, couleurs, formes, etc.

Elles proviennent de perceptions sensorielles et se transforment en compréhension mentale.

5 SEPTEMBRE

La nécessité de naître produite par le karma ne prend fin qu'avec l'élimination totale de ce dernier.

Il ne peut se terminer tout seul, mais seulement par notre Éveil au-delà de toute illusion. Alors, l'état de bonheur permanent, qui provient du total abandon de l'ignorance, peut être atteint.

Par conséquent, la cessation de l'ignorance équivaut à la libération.

6 SEPTEMBRE

Il est toujours bon de sacrifier une petite chose pour en obtenir une plus grande ; par conséquent, notre bonheur peut enrichir celui de tous les êtres sensibles.

Nous devrions considérer le droit d'être heureux comme une dette personnelle envers tous les êtres.

7 SEPTEMBRE

Le désir et l'aversion sont la racine des illusions. Toutes les autres imperfections en découlent.

Au premier abord, le désir nous paraît plus malfaisant pour nous et l'aversion pour les autres. Mais si l'on examine plus attentivement ces deux attitudes, nous découvrons que l'aversion nous blesse autant que les autres.

Cette sensation et ses causes peuvent être vaincues par la patience exercée à l'encontre de tout ce qui nous provoque.

En faisant preuve de patience, nous ne laissons aucune chance pour que l'irritation puisse se produire.

8 SEPTEMBRE

Celui qui ne croit pas en la loi du karma mais qui mène sa vie en faisant le bien en récoltera les fruits. Cela l'aidera dans sa vie future.

Mais celui qui passe sa vie à prêcher en faisant état de ses croyances et de son étude du dharma et affichant encore une attitude égotiste et des manques de compassion, aura gaspillé sa « précieuse vie humaine ».

9 SEPTEMBRE

Prêcher n'est pas important, ce qui l'est, c'est pratiquer la charité et l'amour, même pour une personne qui n'est pas religieuse.

10 SEPTEMBRE

L'attitude qui nous conduit à considérer le bien-être des autres comme plus important que notre propre bonheur est la seule valable.

Elle nous encourage peu à peu à nous sacrifier toujours davantage pour les autres.

11 SEPTEMBRE

Si les choses n'existent pas, pourquoi alors consacrer du temps à chercher comment elles seraient si elles avaient existé, pour finalement en arriver à être certain de leur non-existence ?

Chaque jour, nous entretenons une folle croyance dans le fait que quelque chose est vrai, alors que ce n'est pas le cas ; de la même façon, nous souffrons car nous pensons que tous les phénomènes ont une existence réelle, alors qu'en réalité ils n'en ont pas.

12 SEPTEMBRE

La meilleure façon d'améliorer l'esprit consiste à essayer de reconnaître la nature de ses états « dérangés » et d'observer combien ils sont malfaisants.

De même, pour reconnaître les états mentaux « favorables », nous devons nous familiariser avec leurs avantages et la stabilité de leurs fondements.

À travers cette reconnaissance, et parce que ce sont des qualités de l'esprit, ces états nobles deviendront plus forts et dans le même temps le pouvoir des états négatifs diminuera.

Notre confiance dans le fait de provoquer ce changement positif est appelée à fortifier notre esprit.

13 SEPTEMBRE

Le but même de notre vie est de chercher le bonheur.

Que l'on croie ou non en la religion, que mon voisin ait foi en cette religion plutôt qu'en une autre, nous sommes tous à la recherche de quelque chose de meilleur dans la vie.

C'est donc le mouvement même de notre existence qui est orienté vers le bonheur.

14 SEPTEMBRE

La bonne santé est considérée comme l'un des facteurs nécessaires pour mener une vie heureuse.

Mais nos conditions matérielles ou la richesse que nous accumulons en sont d'autres.

Il en est de même de l'amitié. Nous admettons tous que pour avoir une vie accomplie nous avons besoin d'un cercle d'amis avec qui échanger des émotions et notre confiance.

Tous ces facteurs sont, en réalité, des sources de bonheur. Mais pour qui veut les utiliser pleinement, l'état d'esprit est la clef.

15 SEPTEMBRE

La démarcation entre un désir – ou une action – négatif ou positif ne réside pas dans le fait qu'il vous procure immédiatement une sensation de satisfaction, mais plutôt s'il a finalement des conséquences et résultats positifs ou négatifs.

16 SEPTEMBRE

L'avidité tient au fait que, bien que le motif sous-jacent soit la recherche d'une satisfaction, l'ironie veut que même après avoir obtenu l'objet de votre désir vous n'êtes toujours pas comblé.

Le véritable antidote à l'avidité est le contentement.

Si vous en avez un sens développé, il importe peu que vous obteniez l'objet ou non. Dans les deux cas, vous êtes également satisfait.

17 SEPTEMBRE

On parvient au bonheur le plus élevé lorsqu'on atteint l'état de libération, ce stade auquel il n'y a plus aucune souffrance. C'est le bonheur authentique et durable.

Le véritable bonheur est en relation avec l'esprit et le cœur.

Mais il est instable ; un jour il est là, le lendemain non.

18 SEPTEMBRE

Nous n'avons pas besoin de plus d'argent, nous n'avons pas besoin de plus de succès ou de célébrité, nous n'avons pas besoin d'un corps parfait ou même du compagnon idéal.

Dès à présent, nous avons un esprit qui à lui seul représente tout ce dont nous avons besoin pour atteindre un bonheur complet.

19 SEPTEMBRE

Dans le cadre de vos expériences quotidiennes, s'il y a certains types d'événements que vous ne désirez pas, vous pouvez vérifier que les causes et conditions qui les engendrent normalement ne perdurent pas.

De la même façon, si vous souhaitez qu'un événement particulier ou une expérience se produise, la chose la plus logique à faire est de chercher et d'accumuler les causes et conditions qui l'engendrent.

20 SEPTEMBRE

Avec le temps, vous pouvez accomplir des changements positifs.

Chaque jour, dès votre réveil, vous pouvez développer une motivation positive et sincère en pensant : « Je vais utiliser cette journée dans un sens encore plus positif. Je ne vais pas la gaspiller. »

Et puis, le soir au coucher, pensez à ce que vous avez fait et demandez-vous : « Est-ce que j'ai utilisé cette journée comme je l'avais prévu ? »

Si cela correspond, vous devriez vous réjouir. Si cela n'a pas marché, alors regrettez ce que vous avez fait et critiquez votre journée.

Par le biais de telles méthodes, vous pouvez progressivement fortifier les aspects positifs de votre esprit.

21 SEPTEMBRE

Quelle que soit notre activité ou la pratique à laquelle nous nous astreignons, tout peut être rendu plus facile par une constante familiarisation et un entraînement régulier.

Par le biais de la pratique, nous pouvons changer ; nous pouvons nous transformer.

À travers l'entraînement répété des méthodes bouddhistes, nous pouvons arriver au point où, quel que soit le trouble qui se produit, les effets négatifs qui s'ensuivent restent à l'extérieur, telles les vagues qui peuvent occuper la surface d'un océan mais n'ont guère d'effet dans les profondeurs.

22 SEPTEMBRE

Il est important de reconnaître que si les conflits sont créés par une mauvaise utilisation de l'intelligence humaine, nous pouvons également l'employer pour trouver les moyens de les surmonter.

Quand l'intelligence et la bonté sont utilisées ensemble, toutes les actions deviennent constructives.

Lorsque nous combinons un cœur chaleureux avec la connaissance et l'éducation, nous pouvons apprendre à respecter les vues et les droits des autres.

23 SEPTEMBRE

Peu importent la violence et les mauvaises choses que nous devons traverser. La solution ultime à nos conflits – internes comme externes – réside dans le retour à notre nature humaine initiale et sous-jacente, qui est douce et compatissante.

24 SEPTEMBRE

Pendant que nous disposons de ce corps, et surtout de cet incroyable cerveau humain, chaque minute est précieuse.

Notre existence quotidienne est vivifiée par l'espoir, même s'il n'y a aucune certitude quant au fait que demain, à cette heure, nous soyons encore là.

C'est pourquoi nous devons faire le meilleur usage possible de notre temps.

25 SEPTEMBRE

Lorsque vous encouragez la compassion dans votre esprit et que cette pensée devient active, votre attitude envers les autres change alors automatiquement.

Si vous les approchez avec compassion, cela réduit aussitôt leur peur et crée une atmosphère positive et amicale.

Avec cette attitude, vous pouvez initier une relation dans laquelle vous créez vous-même l'opportunité de recevoir de l'affection ou une réponse positive de la part d'autrui.

26 SEPTEMBRE

Si les gens éprouvent de la compassion, c'est quelque chose sur quoi ils doivent compter.

Quand bien même ils ont des problèmes matériels, il leur reste quelque chose à partager avec leurs compagnons.

L'économie mondiale est toujours très fragile et nous sommes soumis à de nombreux revers de fortune, mais une attitude compatissante est quelque chose que l'on porte toujours avec soi.

27 SEPTEMBRE

Notre tendance naturelle nous porte souvent à renvoyer aux autres, ou à des facteurs extérieurs, la responsabilité de nos problèmes.

Nous cherchons en outre fréquemment une cause unique et essayons de nous exonérer de toute responsabilité.

Il semble que, toutes les fois où des émotions intenses sont impliquées, une disparité surgisse entre ce que les choses paraissent et ce qu'elles sont vraiment.

28 SEPTEMBRE

Pour un pratiquant spirituel, les ennemis jouent un rôle crucial.

De mon point de vue, la compassion est l'essence d'une vie spirituelle. Afin d'être pleinement récompensé par la pratique de l'amour et de la compassion, l'entraînement à la patience et à la tolérance est indispensable.

Il n'y a aucun courage semblable à celui de la patience, de même qu'il n'y a aucune détresse pire que la haine.

Par conséquent, nous devons employer tous nos efforts non pas pour nourrir de la haine envers notre ennemi, mais pour renforcer notre pratique de la patience et de la tolérance.

29 SEPTEMBRE

Notre tendance à être attiré par les extrêmes est souvent nourrie par un sentiment sous-jacent de mécontentement.

Bien entendu, il peut y avoir d'autres facteurs. Il est important de comprendre que si cela peut paraître dans un premier temps attirant ou excitant, c'est en réalité malfaisant. Les exemples le démontrant sont nombreux.

Si vous examinez ces situations, vous verrez que les conséquences de tels comportements, pour vous-même, ne sont finalement que de la souffrance.

30 SEPTEMBRE

Quel que soit le comportement que vous adoptez pour changer, quels que puissent être l'objectif particulier ou l'action vers lesquels vous dirigez vos efforts, vous devez commencer par développer une forte volonté d'y parvenir.

Il vous faut pour cela générer un grand enthousiasme. Le « sens de l'urgence » est un facteur clef. C'est un élément déterminant et très puissant pour vous aider à surmonter les problèmes.

OCTOBRE

1er OCTOBRE

C'est par la pratique que vous pouvez faire évoluer votre développement intérieur. Il existe réellement une possibilité de changement.

Nous devons d'abord nous changer nous-même. Autrement rien ne sera modifié. Attendre que les autres changent à votre place est totalement irréaliste.

L'esprit humain est toujours en mouvement. Si vous faites des efforts dans la bonne direction, les changements mentaux se produiront finalement.

Vous pourrez alors parvenir à la paix et au bonheur sans douleur ni dépense.

2 OCTOBRE

Le point principal est que les gens fassent un effort sincère pour développer leur capacité en matière de compassion.

Le degré auquel ils sont réellement capables d'en faire preuve dépend de nombreux facteurs. S'ils font réellement tout leur possible pour être plus gentils, et faire du monde un endroit « meilleur », alors, chaque soir, ils peuvent se dire : « Au moins, j'ai fait du mieux que j'ai pu. »

3 OCTOBRE

Nous trouvons dans les textes de Bouddha une discussion sur le caractère précieux de l'existence humaine pour développer la confiance et l'enthousiasme.

Il y est question de tous les mensonges potentiels qui sont en nous, du sens que tout cela peut avoir, des bienfaits et des avantages d'avoir forme humaine, etc.

Ces entretiens sont là pour nous inculquer le sens de la confiance et du courage, et nous persuader de nous engager à utiliser notre corps dans un sens positif.

4 OCTOBRE

Par le biais d'un effort continu, nous pouvons surmonter toutes les formes de conditionnement négatif et provoquer des changements positifs dans nos vies.

Mais encore faut-il réaliser que le changement authentique ne survient pas en l'espace d'une nuit.

5 OCTOBRE

Vous ne devriez jamais perdre de vue l'importance d'avoir une attitude réaliste quand vous avancez vers votre objectif ultime.

Reconnaissez les difficultés inhérentes à votre trajectoire. Admettez le fait que cela peut prendre du temps et demander un effort constant.

Il est essentiel de faire dans votre esprit une distinction très nette entre vos idéaux et les critères à partir desquels vous jugez vos progrès.

6 OCTOBRE

Il existe de nombreuses formes différentes d'émotions et de douleurs négatives, telles que la vanité, l'arrogance, la jalousie, le désir, la convoitise, l'étroitesse d'esprit, etc.

Mais entre toutes, la haine et la colère sont considérées comme étant les plus funestes, parce qu'elles représentent les plus grands obstacles au développement de la compassion et de l'altruisme et parce qu'elles détruisent la vertu et la tranquillité d'esprit.

7 OCTOBRE

Nous ne pouvons pas vaincre la colère et la haine simplement en les supprimant. Nous devons ardemment en cultiver les antidotes : la patience et la tolérance.

8 OCTOBRE

L'enthousiasme résulte de l'apprentissage et de la compréhension des effets bénéfiques de la tolérance comme de la patience, ainsi que des effets destructeurs et négatifs de la colère comme de la haine.

C'est cette compréhension qui crée une affinité grandissante envers les sentiments de tolérance et de patience, et vous rend plus prudent vis-à-vis des pensées agressives et haineuses.

9 OCTOBRE

Dans notre vie quotidienne, la tolérance et la patience ont de grands avantages.

Les développer nous permet, par exemple, de soutenir et de maintenir notre présence d'esprit.

Aussi, si un individu possède ces qualités, et même s'il vit dans un environnement tendu, frénétique et stressant, son calme et sa tranquillité d'esprit ne seront pas dérangés.

10 OCTOBRE

Nous devons admettre qu'il existe un grand nombre de peurs différentes. Certaines, très authentiques, reposent sur des raisons valables : par exemple, la peur de la violence, ou celle du sang. Ce sont là des choses très mauvaises.

Et puis, il y a les peurs qui résultent des conséquences à long terme de nos actions négatives comme la peur de la souffrance, ou de la haine. Je pense que ce sont là de bonnes formes d'appréhensions. Avoir peur de cette façon nous conduit dans la bonne direction, nous aide à devenir plus chaleureux.

11 OCTOBRE

Si une situation ou un problème est tel qu'on ne peut y remédier, il n'y a aucune raison de s'inquiéter.

En d'autres termes, s'il existe une solution ou un moyen d'évacuer cette difficulté, il ne faut pas pour autant en être accablé.

Il est plus important de concentrer son énergie sur la solution plutôt que de s'inquiéter du problème lui-même.

12 OCTOBRE

Une motivation sincère agit comme un antidote pour réduire la peur et l'inquiétude.

13 OCTOBRE

Le principal est d'avoir une motivation sincère pour aider. Il vous suffit alors de faire simplement du mieux que vous pouvez et de ne pas vous inquiéter.

14 OCTOBRE

Avec une motivation sincère, empreinte de compassion, il n'y a aucune raison d'avoir des regrets, même si vous avez commis une erreur ou défailli. En ce qui vous concerne, vous avez fait votre possible.

Si vous avez échoué, c'est que la situation était au-delà de vos capacités.

C'est cette motivation véritable qui écarte la peur et vous donne confiance en vous-même.

15 OCTOBRE

Plus on est motivé par l'altruisme, moins la peur nous harcèle lorsque l'on se trouve face à des circonstances extrêmement provocantes.

16 OCTOBRE

Les grands pratiquants spirituels sont ceux qui ont développé la détermination d'extirper la totalité de leurs états d'esprit négatifs dans le but d'aider tous les êtres sensibles et afin de leur apporter le bonheur ultime.

Ils ont ce genre de vision et d'aspiration qui requiert une formidable confiance en soi.

Cette dernière est très importante, car elle confère une hardiesse d'esprit qui aide à accomplir de grandes choses.

17 OCTOBRE

Lorsqu'il s'agit de faire la différence entre la vanité et une solide confiance en soi, on devrait penser en termes de conséquences résultant de notre attitude.

La vanité et l'arrogance génèrent des conséquences négatives, alors qu'une saine confiance en soi en induit de plus positives.

18 octobre

Plus vous êtes honnête et ouvert, moins vous aurez peur. Il n'y a aucune inquiétude à avoir quant au fait d'être exposé ou révélé aux autres.

Plus vous êtes honnête, plus grande sera votre confiance en vous.

19 octobre

Être honnête envers soi et les autres au sujet de ce que l'on est, ou non, capable de faire réduit à néant les sentiments liés à son manque de confiance.

20 OCTOBRE

En tant qu'êtres humains, nous sommes doués de cette merveilleuse intelligence qui nous est propre.

Si l'on entretient une pleine conscience de ses capacités et que l'on se les rappelle à maintes reprises jusqu'à ce qu'elles deviennent partie intégrante de notre manière de percevoir les autres et nous-même, cela peut alors nous aider à minimiser les sentiments de découragement, d'impuissance, et de mépris de soi.

21 OCTOBRE

Aussi longtemps que nous sommes conscients du fait que l'intelligence humaine constitue un merveilleux don, que nous avons la capacité grâce à elle de développer notre détermination, de l'utiliser de manière positive, nous disposons en un sens d'une santé mentale sous-jacente.

22 OCTOBRE

La vraie spiritualité est une attitude mentale que l'on peut pratiquer n'importe quand.

23 OCTOBRE

Tous les états d'esprit vertueux – la compassion, la tolérance, le pardon, l'affection, etc. – sont l'authentique dharma, ou des qualités spirituelles authentiques, car elles ne peuvent coexister avec les mauvais sentiments ou les états d'esprit négatifs.

24 OCTOBRE

L'engagement à pratiquer une méthode pour instaurer une discipline intérieure dans l'esprit de quelqu'un constitue l'essence d'une vie religieuse. Une telle discipline intérieure a pour but de cultiver les états mentaux positifs.

Ainsi, mener une vie spirituelle vient du fait d'avoir réussi à instaurer cet état d'esprit discipliné et apprivoisé et de le retraduire dans les actes les plus quotidiens.

25 OCTOBRE

Attendre trop de choses au début est souvent une source de déception et d'échec pour l'avenir.

Au commencement vous avez davantage besoin de détermination, et il importe peu que cela prenne une éternité.

Quand vient le moment d'agir de façon juste et dès lors que chaque jour de notre vie devient utile, le temps ne compte pas. Il n'est pas important.

S'il s'agit d'une expérience douloureuse, le temps compte pour beaucoup. Si c'est une expérience joyeuse, non. Une durée plus longue est alors encore meilleure.

26 OCTOBRE

Au lieu d'avoir peur de la mort, vous devriez tenter de la comprendre.

Cela demande de nombreuses années de préparation.

Lorsque vous avez l'expérience de l'esprit le plus profond et subtil à travers la méditation et que les vraies occasions surviennent, vous pouvez réellement contrôler le processus de la mort.

27 OCTOBRE

Tous les êtres humains ont survécu grâce au soin de leur mère ou d'une personne ayant joué ce rôle, pour qui ils ont gardé une grande attention et des sentiments de compassion.

Sans attention mutuelle, sans compassion ni sentiment, on ne peut pas survivre.

28 OCTOBRE

La façon la plus efficace de changer l'esprit de l'autre passe par l'affection, et non pas par la colère. Il est très difficile de vivre sans faire preuve de compassion.

Sans colère, non seulement la survie est plus facile, mais la vie elle-même est beaucoup plus heureuse.

Par conséquent, l'affection est la force dominante de notre vie.

29 OCTOBRE

Toutes les activités et attitudes qui sont développées et entretenues par le biais d'émotions négatives sont des actes négatifs.

Il existe des attitudes qui sont des motivations ou des actions vertueuses parce qu'elles mènent à *karuna* et à l'accomplissement d'une renaissance plus haute et positive.

30 OCTOBRE

La vie est un processus continu qui change à jamais. Le temps passe et rien ne reste identique.

Aussi devrions-nous avoir clairement conscience de notre intelligence merveilleuse et de notre potentiel unique qui devraient être exploités au maximum et de la manière la plus constructive pour utiliser le temps correctement, dans le but d'avoir une vie résolue et pleine de sens.

C'est très bien d'être un non-croyant et de le rester, à condition d'être affectueux et ne pas utiliser l'intelligence à des fins destructrices.

31 OCTOBRE

Penser à soi entretient une sensation d'insuffisance vis-à-vis de soi-même.

On peut aussi éprouver la sensation d'avoir besoin de plus. Cela génère automatiquement le soupçon, avec pour conséquence davantage d'anxiété et d'agitation.

Le même esprit, accompagné des mêmes inquiétudes relatives à la douleur et à la souffrance, est seulement concerné par sa propre douleur et son propre bonheur. Cela crée un vide qui alimente la peur et l'insécurité.

Mais la même attitude, si elle tient compte de la douleur et de la souffrance des autres, apporte la force intérieure.

Novembre

1er NOVEMBRE

Tout être, qu'il soit instruit ou non, riche ou pauvre, en bonne santé ou handicapé, a la capacité de développer les qualités humaines de base.

Dès la naissance, nous avons tous les moyens d'en mettre certaines en valeur. Nous devons par conséquent tout faire pour les développer et les maintenir avec confiance.

2 NOVEMBRE

Si l'on veut être bon, il ne tient qu'à nous de le devenir.

Sans efforts, on ne peut espérer que quelque chose de bon se produise. Notre futur dépend entièrement de nous.

3 NOVEMBRE

Nous souhaitons tous le bonheur et nous ne voulons pas souffrir.

À partir de là, nous essayons de comprendre la nature exacte de la vérité interne et externe. Pour ce faire, il existe différentes philosophies et systèmes d'enseignement. Le bouddhisme est l'un d'eux.

4 NOVEMBRE

Le fondement de la philosophie bouddhiste repose sur deux vérités.

Si vous trouvez une chose utile dans cet enseignement, vous devriez l'approfondir et l'appliquer dans votre vie quotidienne.

Si vous n'y trouvez rien d'important, alors ne vous y intéressez pas.

5 NOVEMBRE

Dans certaines circonstances, quelque chose peut être bon, mais dans d'autres, la même chose peut devenir mauvaise. Il n'y a aucun absolu.

Nous devons porter un jugement en fonction de circonstances particulières.

Nous considérons généralement que toute action qui nous apporte du bonheur est bonne, et ce qui génère de la tristesse ou de la douleur est mauvais.

Cela revient à dire que savoir ce qui est bon ou mauvais est fondé sur l'expérience. Notre esprit a le dernier mot.

6 NOVEMBRE

Personne ne peut rester fâché très longtemps. Comme il existe une conscience, même une personne très irritable ne peut être en colère à tous moments.

Même dans le cas d'un attachement particulier et puissant, la nature intrinsèque de l'esprit montre qu'il peut être changé.

En fonction de facteurs externes ou internes, cet attachement peut croître ou décroître. Il existe donc un moyen pour le réduire.

7 NOVEMBRE

Nous avons la possibilité d'éliminer toutes les pensées négatives.

Avec le temps, la méditation devient plus profonde et les émotions et pensées négatives peuvent être finalement éliminées.

Cet état d'esprit est ce que nous appelons habituellement nirvana, *moksha* ou cessation.

8 NOVEMBRE

Les gens ont l'impression que la cessation ou le nirvana est le néant, et que toutes les sensations, la conscience et les choses se dissolvent dans le vide, qu'il ne reste rien. C'est faux.

En réalité, le nirvana n'est que l'état entièrement purifié de notre esprit. C'est la nature ultime de l'esprit débarrassé de toutes les émotions affligeantes.

9 NOVEMBRE

Si vous voulez atteindre le bonheur, vous devez porter toute votre attention sur sa source ultime. Vous devez pratiquer l'amour, la gentillesse et essayer de contenir et de réduire votre colère.

Ce ne sont pas que des questions religieuses. Cela concerne aussi notre bonheur quotidien.

10 NOVEMBRE

La pratique de l'amour et de la compassion n'a rien à voir avec une implication religieuse ou quoi que ce soit de sacré. C'est une question de survie.

La compassion est le facteur essentiel.

11 NOVEMBRE

Il est bon d'aider à mourir dans la paix et le calme ceux qui ne pratiquent aucune religion.

La qualité de l'attitude mentale à l'instant de la mort est extrêmement importante. C'est elle qui détermine le karma qui sera sollicité au moment du passage, et donc les conditions de la vie, de la renaissance future.

12 NOVEMBRE

Nous devons apprendre à agir non seulement pour nous-même, pour les nôtres, mais également pour le bien de l'humanité tout entière.

La responsabilité universelle est la meilleure des bases pour construire à la fois notre bonheur personnel et la paix mondiale.

13 NOVEMBRE

Le dialogue est la seule façon raisonnable et intelligente de résoudre les différends et les conflits d'intérêts, entre les hommes comme entre les nations.

Promouvoir une culture de dialogue et de non-violence pour l'avenir de l'humanité est un devoir.

14 NOVEMBRE

La clé de la création d'un monde meilleur et plus paisible réside dans le développement de l'amour et de la compassion.

Cela signifie naturellement que nous devons les développer chez nos frères et sœurs moins bien intentionnés que nous.

15 NOVEMBRE

La responsabilité universelle est la clé de la survie humaine.

16 NOVEMBRE

La pratique de la compassion n'est pas utopique. C'est la voie la plus efficace pour agir dans le meilleur intérêt des autres et de nous-même.

Plus nous devenons interdépendants, plus il en va de notre propre intérêt d'assurer le bien-être des autres.

17 NOVEMBRE

Le plus important est de ne pas perturber son esprit.

18 NOVEMBRE

Perdre le sentiment de soi-même, c'est provoquer le découragement, le doute et la haine de soi.

Diminuer le sens négatif de soi est ce qui doit prévaloir.

19 NOVEMBRE

Intelligence et cœur, voilà la bonne combinaison et le bon chemin pour se réaliser sans nécessairement être croyant.

Ceci est, pour moi, la religion universelle.

20 NOVEMBRE

Nous devons cultiver les qualités de générosité qui peuvent être détruites, non par un ennemi extérieur, mais par celui qui sommeille en nous.

21 NOVEMBRE

Mon ignorance, mon attachement, mon désir, mes haines ! Voilà vraiment les ennemis.

22 NOVEMBRE

Si on ne fragmente pas la réalité, si on ne se polarise pas sur un objet, si on comprend que c'est un nombre infini de causes et de conséquences qui interagissent, on sera alors un être moins sujet aux hauts et bas de l'existence.

Le calme intérieur permet de réguler le corps.

23 NOVEMBRE

« Celui qui interroge se trompe, celui qui répond se trompe. »

Bouddha

24 NOVEMBRE

Chacune des actions que nous projetons et accomplissons et la façon dont nous décidons de mener notre vie – comment nous décidons de la vivre dans le cadre des limitations imposées par les circonstances – peuvent être perçues comme notre réponse à la grande question à laquelle nous sommes tous confrontés : « Comment puis-je être heureux ? »

25 NOVEMBRE

Dans notre grande quête du bonheur, nous sommes soutenus par l'espoir.

Nous savons, quand bien même nous ne l'admettons pas, qu'il ne peut y avoir aucune garantie d'une vie meilleure et plus heureuse que celle que nous menons aujourd'hui.

26 NOVEMBRE

Tout ce que nous faisons, non seulement en tant qu'individu mais aussi en tant qu'être social, peut être perçu comme une aspiration fondamentale au bonheur.

Cette dernière est en effet partagée par tous les êtres sensibles. Le désir ou l'inclination à être heureux et à éviter la souffrance n'a pas de limites. Il est partie intégrante de notre nature.

En tant que tel, il n'a besoin d'aucune justification et se voit validé par le simple fait que tel est logiquement notre souhait.

27 NOVEMBRE

Dans les sociétés industrielles urbaines, la maladie se manifeste sous des formes inhérentes à cet environnement.

Nombre d'entre elles sont issues du stress.

Il y a de fortes raisons pour supposer qu'il existe un lien entre notre volonté de progrès externe et la tristesse, l'inquiétude, le manque de contentement de la société moderne.

28 NOVEMBRE

Le fait est que la connaissance ne peut, à elle seule, générer le bonheur qui émane du développement intérieur. Celui-là même qui ne dépend pas des facteurs externes.

En effet, malgré notre connaissance détaillée et spécifique des phénomènes extérieurs, le désir ardent de nous limiter, de nous contenter de vouloir l'augmenter sans cesse, loin de nous apporter le bonheur, peut être réellement dangereux.

Cela peut nous conduire à perdre le contact avec la réalité la plus large de l'expérience humaine et, en particulier, renforcer notre dépendance vis-à-vis des autres.

29 NOVEMBRE

De nos jours, beaucoup de gens croient que la science a « réfuté » la religion. Ils supposent ainsi qu'à partir du moment où aucune évidence n'apparaît quant à la réalité d'une autorité spirituelle, la moralité elle-même doit être une question de choix individuel.

Alors que, dans le passé, les scientifiques et les philosophes ressentaient un besoin pressant de mettre en évidence de solides fondations sur lesquelles établir des lois immuables et des vérités absolues, ce genre de recherche est aujourd'hui considéré comme futile.

Nous assistons en conséquence à un revirement complet conduisant à l'opposé, où finalement plus rien n'existe, où la réalité elle-même est remise en question. Cela ne peut mener qu'au chaos.

30 NOVEMBRE

Alors que la science et la loi nous aident l'une et l'autre à prévoir les conséquences possibles de nos actes, elles ne peuvent nous dire cependant comment agir dans un sens moral.

De plus, il nous faut bien reconnaître les limites de la recherche scientifique elle-même. La science ne peut nous dire quelle est véritablement la cause substantielle de la conscience, ni quels en sont les effets.

La conscience appartient à cette catégorie de phénomènes qui n'ont pas de forme, de substance ou de couleur. Il est impossible de mener des recherches par le biais de moyens extérieurs. Le simple fait que la science ne peut pas les prouver ne signifie pas pour autant que de telles choses n'existent guère.

DÉCEMBRE

1er DÉCEMBRE

Je suis Tibétain avant d'être le Dalaï-Lama, et je suis humain avant d'être Tibétain.

En tant que Dalaï-Lama, j'ai une responsabilité toute particulière envers les Tibétains. En tant que moine, j'en ai également une pour faire progresser l'harmonie religieuse. En tant qu'être humain, j'ai une responsabilité encore beaucoup plus grande envers la famille humaine tout entière. En réalité, nous l'avons tous.

Et dès lors que la majorité ne pratique pas de religion, je dois trouver le moyen de servir toute l'humanité sans faire appel à la foi religieuse.

2 DÉCEMBRE

La spiritualité qui m'intéresse concerne les qualités de l'esprit humain – l'amour et la compassion, la patience, la tolérance, le pardon, le contentement, le sens de la responsabilité, le sens de l'harmonie – qui nous apportent le bonheur à nous-même et aux autres.

Alors que le rite et la prière, ainsi que les questions du nirvana et du salut sont directement liés à la foi religieuse, ces qualités intérieures ont néanmoins besoin d'exister.

Il n'y a donc aucune raison pour que l'individu ne puisse pas les développer, même à un haut niveau, et sans avoir recours à un quelconque système religieux ou métaphysique.

C'est pourquoi je dis parfois que l'on peut peut-être se passer de la religion.

3 DÉCEMBRE

Les caractéristiques communes des qualités que je décris comme « spirituelles » ont pour constante un certain niveau d'implication dans le bien-être des autres. En tibétain, nous parlons de *shen-pen kyi-sem*, ce qui signifie « la pensée pour aider les autres ».

Et quand nous pensons à elles, nous voyons que chacune des qualités ainsi désignée se définit par une inquiétude implicite pour le bien-être des autres.

4 DÉCEMBRE

Celui qui est compatissant, aimant, patient, tolérant, qui pardonne, reconnaît l'impact potentiel de ses actions sur les autres et suscite leur conduite dans le même état d'esprit.

La pratique spirituelle qui en résulte implique, d'une part, d'agir sans se soucier du bien-être des autres, et d'autre part, nous conduit à nous transformer jusqu'à être disposé à le faire volontiers.

Parler de pratique spirituelle en d'autres termes que ceux-ci n'a pas de sens.

5 DÉCEMBRE

Mon appel à la révolution spirituelle n'est pas un appel à la révolution religieuse, pas davantage la référence à une façon de vivre peu réaliste et encore moins à quelque chose de magique ou mystérieux.

Il s'agit plutôt d'un appel à une réorientation radicale, loin de nos préoccupations habituelles envers notre moi.

C'est un appel pour nous tourner vers une communauté plus large d'êtres avec lesquels nous sommes en relation, et pour instaurer une conduite qui reconnaisse nos intérêts et ceux des autres.

6 DÉCEMBRE

Quel rapport y a-t-il entre la spiritualité et l'éthique? Dès lors que l'amour, la compassion et d'autres qualités semblables se réfèrent, par définition, au fait d'être concerné par le bien-être des autres, elles supposent également une certaine retenue éthique.

Nous ne pouvons pas aimer et éprouver de la compassion à moins que dans le même temps nous ne réfrénions nos propres pulsions et désirs négatifs.

7 DÉCEMBRE

La croyance religieuse n'est pas une garantie d'intégrité morale. Si l'on regarde l'histoire humaine, nous voyons que parmi les grands provocateurs – ceux qui ont largement dispensé la violence, la brutalité et la destruction – il en est de nombreux qui ont professé la foi religieuse, souvent très haut.

La religion peut nous aider à établir des principes éthiques. Encore que l'on puisse parler d'éthique et de moralité sans avoir recours à la religion.

8 DÉCEMBRE

De mon point de vue, qui ne repose pas uniquement sur la foi religieuse, ni même sur une idée singulière, mais plutôt sur le bon sens le plus ordinaire, il est possible d'établir des principes éthiques irrévocables, dès lors que nous prenons pour point de départ le fait que nous désirons tous le bonheur et souhaitons tous éviter la souffrance.

Nous n'avons aucun moyen de faire la part des choses entre le bien et le mal si nous ne prenons pas en considération les sentiments et la souffrance des autres.

9 DÉCEMBRE

Bien que les conséquences de nos actes soient importantes, d'autres facteurs sont à considérer : l'intention et la nature même de l'acte.

Nous avons tous en mémoire des choses que nous avons accomplies et qui ont fait de la peine aux autres, quand bien même cela n'était pas dans notre intention.

De la même façon, il n'est pas non plus difficile de penser à des actes qui, bien qu'ayant pu paraître violents et agressifs et ayant provoqué quelques blessures, ont pu néanmoins contribuer à long terme au bonheur des autres.

10 DÉCEMBRE

Le fait que nos actions puissent paraître douces ne signifie pas qu'elles soient positives ou éthiques si nos intentions sont égoïstes.

Au contraire, si notre intention est par exemple de tromper, simuler alors la gentillesse est l'action la plus malheureuse qui soit. Bien que la force ne soit pas ici impliquée, un tel acte est certainement violent. Il provoque la violence car, en dernier ressort, l'issue est nuisible pour l'autre, mais aussi parce qu'il blesse la confiance et l'attente de vérité de l'autre.

11 DÉCEMBRE

L'état du cœur et de l'esprit de l'individu – sa motivation –, qui au moment de l'action est la clé déterminant son contenu éthique, peut être facilement compris si l'on considère que nos actions sont affectées quand nous sommes en proie à de puissantes émotions et pensées négatives telles que la haine et la colère.

Dans ces moments, notre esprit et notre cœur sont en ébullition, et pas seulement parce que cela nous conduit à perdre de vue l'impact possible de nos actions sur les autres.

En effet, nous pouvons devenir si préoccupé que nous ignorons à la fois la présence des autres et leur droit au bonheur.

12 DÉCEMBRE

Quand la force motrice de nos actions est saine, celles-ci contribuent logiquement au bien-être des autres. Elles deviennent alors automatiquement « éthiques ».

Plus cela constitue notre état habituel, moins nous réagissons négativement lorsqu'on nous provoque. Et même quand nous perdons patience, la moindre « explosion » est dénuée de tout sentiment de haine.

Le but de la pratique spirituelle – et donc éthique – est par conséquent de transformer et parfaire le *kun long* de l'individu. C'est ainsi que l'on devient meilleur.

13 DÉCEMBRE

Il est aisé de constater que plus nous parvenons à transformer nos cœurs et nos esprits en développant nos qualités spirituelles, plus nous sommes capables de faire face à l'adversité, plus grande aussi est la probabilité de voir nos actions s'affirmer comme moralement saines.

14 DÉCEMBRE

Le rapport étroit entre la manière dont nous percevons le monde dans lequel nous évoluons et notre comportement à son égard révèle que notre compréhension des phénomènes est très significative.

En effet, considérant la matière, nous réalisons finalement qu'il nous est impossible de séparer un quelconque phénomène de son contexte général.

Nous ne pouvons parler en réalité qu'en termes de relations.

15 DÉCEMBRE

Dans le cours de notre vie, nous nous impliquons dans d'innombrables et différentes activités, et nous recevons une foule de sensations de tout ce que nous rencontrons.

Le problème d'une mauvaise perception, qui bien sûr peut varier selon les cas, provient habituellement de notre tendance à isoler les aspects particuliers d'un événement ou d'une expérience et à les voir comme constituant leur totalité. Cela entraîne un rétrécissement de la perspective et génère de fausses attentes.

Mais quand on considère la réalité en elle-même, on comprend très vite son infinie complexité; on réalise combien la perception que l'on en a est souvent inadéquate.

16 DÉCEMBRE

Si nous prenons la conscience comme objet de notre recherche, nous voyons qu'elle est mieux perçue et comprise en termes de création dépendante bien que nous soyons porté à y penser comme quelque chose d'intrinsèque et d'invariable.

Cela est dû au fait qu'en dehors des expériences perceptives, cognitives et émotives de l'individu, il est difficile de prouver l'existence d'une entité indépendante appelée esprit ou conscience.

De ce point de vue, la conscience ressemble davantage à une « construction » qui émerge d'un spectre d'événements complexes.

17 DÉCEMBRE

Nous commençons à comprendre que l'univers qui est le nôtre peut être considéré comme un organisme vivant où chaque cellule travaille dans une coopération équilibrée avec toutes les autres afin de maintenir une cohérence d'ensemble.

Si une seule de ces cellules est défaillante, et que la maladie frappe, cet équilibre est remis en question. C'est alors la totalité du système qui est en danger.

Cela nous suggère que notre bien-être individuel est intimement lié aux autres individus et à l'environnement dans lequel nous évoluons.

18 DÉCEMBRE

Il n'existe rien qui puisse identifier le « moi », de la même manière que lorsque nous essayons de trouver l'identité ultime d'un objet solide, celle-ci nous échappe.

Nous devons finalement en conclure que cette chose précieuse, à laquelle nous prenons tant de soin, n'a en définitive pas plus de consistance qu'un arc-en-ciel dans le ciel de l'été.

19 DÉCEMBRE

Accepter une approche complexe de la réalité, où toutes les choses et les événements sont perçus comme étroitement reliés les uns aux autres, ne signifie pas que nous ne pouvons pas en déduire que les principes éthiques sont irrévocables. Et ce, quand bien même il devient difficile de parler d'absolu hors du contexte religieux.

Au contraire, le concept de « l'origine dépendante » nous contraint à considérer la réalité de la relation de causalité avec un grand sérieux.

20 DÉCEMBRE

Placer trop d'espoir dans le développement matériel est une erreur.

Le problème n'est pas le matérialisme en tant que tel. C'est plutôt le fait de supposer que la pleine satisfaction peut survenir de la seule gratification des sens.

À la différence des animaux, dont la quête pour le bonheur se limite à la survie et à la satisfaction immédiate des désirs sensoriels, nous autres, êtres humains, avons la capacité d'éprouver le bonheur à un niveau plus profond, lequel, lorsqu'il est pleinement accompli, nous donne les moyens de faire face aux expériences contraires.

21 DÉCEMBRE

La caractéristique principale du bonheur le plus authentique est la paix. La paix intérieure.

Je n'entends pas par là une sorte de sentiment d'être « hors de l'espace ». Je ne parle pas non plus d'une absence de sentiment.

Au contraire, la paix que je décris prend racine dans le fait d'être concerné par les autres. Elle implique un haut degré de sensibilité, bien que je ne puisse moi-même prétendre avoir complètement réussi dans cette voie.

J'attribue plutôt mon sens de la paix à l'effort accompli pour développer l'intérêt envers les autres.

22 DÉCEMBRE

Où peut-on trouver la paix intérieure ?

Il y a plusieurs réponses. Mais une chose est certaine : aucun facteur extérieur ne peut la créer.

De la même manière il n'y aurait aucun intérêt à demander la paix intérieure à un médecin, une machine ou un ordinateur, car, aussi sophistiqués et intelligents soient-ils, ils ne pourraient nous procurer cette qualité vitale.

De mon point de vue, développer la paix intérieure, de laquelle puisse dépendre un bonheur chargé de sens, repose sur les mêmes bases que toute autre tâche dans la vie : nous devons identifier ses causes et ses conditions, puis nous atteler sans tarder à les cultiver.

23 DÉCEMBRE

L'attrait pour le concret fait partie de la nature humaine. Nous voulons voir, nous voulons toucher, nous voulons posséder.

Mais il est essentiel de reconnaître que, lorsque nous désirons des choses sans autre raison que le plaisir sensuel qu'elles nous procurent, elles ont finalement tendance à nous apporter davantage de problèmes.

De plus, nous découvrons qu'à l'image du bonheur procuré par de tels besoins, elles sont en fait transitoires.

24 DÉCEMBRE

Une grande distinction doit être faite entre ce que l'on pourrait appeler des actes éthiques et des actes spirituels.

Les actes éthiques nous conduisent à nous abstenir de causer du mal à l'autre dans son expérience ou son attente du bonheur.

Les actes spirituels se rapportent quant à eux aux qualités – l'amour, la compassion, la patience, le pardon, l'humilité, la tolérance – qui font référence à un intérêt d'un certain niveau pour le bien-être des autres.

25 DÉCEMBRE

Il est très surprenant de constater que la majeure partie de notre bonheur provient de nos relations avec autrui.

Il est tout aussi remarquable que notre plus grande joie survienne quand nous sommes concernés par lui.

Mais ce n'est pas tout. Nous découvrons que les actions altruistes ne provoquent pas uniquement le bonheur, elles minimisent aussi notre expérience de la souffrance.

26 DÉCEMBRE

Être concerné par les autres fait tomber les barrières qui habituellement sont sources d'inhibition dans nos rapports avec eux.

Quand nos intentions sont bonnes, toutes nos sensations de timidité ou d'insécurité s'en trouvent grandement réduites.

À mesure que nous sommes capables d'ouvrir cette porte intérieure, nous éprouvons également une sorte de libération vis-à-vis de la préoccupation habituelle pour notre « moi ».

27 DÉCEMBRE

Lorsque nous éprouvons de l'intérêt pour les autres, nous pouvons ressentir que la paix ainsi créée dans nos cœurs irradie vers tous ceux que nous côtoyons.

Nous apportons la paix à nos familles, à nos amis, à nos collègues, à la communauté à laquelle nous appartenons, et donc au monde.

Pourquoi, dès lors, ne voudrions-nous pas développer cette qualité ?

28 DÉCEMBRE

Avant chacun de nos actes, il existe un « événement » mental et émotif auquel nous sommes plus ou moins libre de répondre, bien que, jusqu'à ce que nous ayons appris à discipliner notre esprit, nous éprouvions une certaine difficulté à exercer cette liberté.

La manière dont nous répondons à ces événements et à ces expériences est ce qui détermine, en général, le contenu moral de nos actions.

29 DÉCEMBRE

Si nous voulons être authentiquement heureux, la retenue intérieure est indispensable. Mais nous ne pouvons cependant pas nous en tenir là.

Bien qu'elle puisse nous prévenir d'accomplir certains méfaits, la simple retenue est insuffisante si nous voulons le bonheur caractérisé par la paix intérieure.

Pour nous transformer nous-même – nos habitudes et nos humeurs – afin que nos actions soient compatissantes, il faut développer ce que nous appelons une « éthique de vertu ».

Dans le même temps où nous nous abstenons de pensées et d'émotions négatives, nous devons cultiver et renforcer nos qualités positives.

30 DÉCEMBRE

Il n'est pas toujours possible de prendre le temps nécessaire à un prudent discernement. Il nous faut quelquefois d'abord agir.

C'est pourquoi notre développement spirituel joue une telle importance, assurant que nos actions sont véritablement éthiques.

Plus nos actes sont spontanés, plus ils reflètent nos habitudes et nos humeurs à un moment précis.

Aussi, je crois qu'il est très utile d'avoir un ensemble de préceptes éthiques de base pour nous guider dans notre vie.

31 DÉCEMBRE

En développant une attitude de responsabilité envers les autres, nous pouvons commencer à créer le monde le plus idéal et le plus compatissant dont nous rêvons tous.

Tenzin Gyatso, XIVe Dalaï-Lama

Tenzin Gyatso naît en 1935 au sein d'une famille de paysans, dans la province de l'Amdo, à l'est du Tibet.

En 1938, âgé seulement de trois ans, il est reconnu comme étant le quatorzième Dalaï-Lama.

C'est en 1940, à Lhassa, la capitale du Tibet, qu'il est officiellement intronisé chef spirituel des Tibétains.

Dès lors commence pour lui le long apprentissage des textes fondamentaux de la tradition, ainsi que de la musique, de la médecine et de la poésie. Il reçoit dans les années qui suivent une éducation traditionnelle rigide et très rigoureuse.

Cette existence paisible et studieuse est remise en question lorsque la Chine maoïste envahit le Tibet en 1949. Bien que les Chinois se présentent en libérateurs, les Tibétains n'acceptent pas de renier leur religion et leur culture et de renoncer à leur liberté.

Il s'ensuit une répression féroce, alliant la terreur des massacres à celle de la destruction des monastères, qui a pour conséquence d'éliminer un sixième de la population tibétaine : un véritable génocide qui fait près d'un million de morts.

Le Dalaï-Lama n'a alors que quinze ans. Il réagit comme il peut, sans trop d'efficacité compte tenu de son manque d'expérience dans le domaine politique.

En 1954, il se rend en Chine, y rencontre Mao Zedong et Nehru. Il voit de nouveau Mao en 1955, sans parvenir à un quelconque résultat positif améliorant la terrible situation des Tibétains.

Les exactions de l'été 1956, au cours desquelles les Chinois envoient des avions bombarder le monastère de Lithang, révèlent la vraie nature des projets de Pékin. Bientôt les bombardements, la torture et les exécutions à l'égard de la population civile, comme des moines ou des nonnes, se succèdent à un rythme soutenu.

Le Dalaï-Lama se rend en Inde, où il demande l'aide de l'ONU, mais n'obtient aucune réponse.

Craignant finalement d'être assassiné par l'occupant chinois, en 1959, déguisé en soldat, il s'enfuit en Inde, où il fonde un gouvernement en exil à Dharamsala.

À dater de cette époque, il n'aura de cesse de défendre son pays auprès de la communauté internationale, s'employant de toutes les manières possibles à préserver les institutions scolaires, culturelles et religieuses du Tibet ancestral.

Infatigable représentant de son pays, parcourant le monde pour y glaner des soutiens afin de faire fléchir l'emprise chinoise sur son peuple, publiant de nombreux ouvrages pour faire connaître la grandeur de la culture tibétaine et la profondeur de la pensée bouddhiste, Tenzin Gyatso reçoit en 1989 le prix Nobel de la paix.

Son aura philosophique et médiatique ne cessera dès lors de grandir, jusqu'à en faire aujourd'hui, outre le premier représentant et fervent défenseur du peuple tibétain asservi, l'une des plus importantes figures spirituelles de notre temps.

INDEX THÉMATIQUE

INDEX THÉMATIQUE

INDEX THÉMATIQUE

INDEX THÉMATIQUE

INDEX THÉMATIQUE

BIBLIOGRAPHIE

Livres du Dalaï-Lama

a) en français

L'Enseignement du Dalaï-Lama, coll. « Spiritualités vivantes », Albin Michel, 1987.

Ainsi parle le Dalaï-Lama : entretiens avec Claude B. Levenson, LGF, 1994.

Passerelles : entretiens avec le Dalaï-Lama sur les sciences et l'esprit, Albin Michel, 1995.

Le Dalaï-Lama parle de Jésus : une perspective bouddhiste sur les enseignements de Jésus, Brepols avec Francisco J. Varela, 1996.

Samsâra : la vie, la mort, la renaissance : le livre du Dalaï-Lama, Pré aux Clercs, 1996.

La Voie de la lumière, Presses du Châtelet, 1997.

Quand l'esprit dialogue avec le corps : entretiens avec le Dalaï-Lama sur la conscience, les émotions et la santé, Guy Trédaniel, 1997.

Questions à Sa Sainteté le Dalaï-Lama, La Table Ronde, 1997.

Du bonheur de vivre et mourir en paix, coll. « Sagesses », Calmann-Lévy, 1998.

Dormir, rêver, mourir : explorer la conscience avec le Dalaï-Lama, Nil, 1998.

Le Dalaï-Lama parle de Jésus, Brepols, 1998.

Conseils spirituels pour bouddhistes et chrétiens, Presses du Châtelet, 1999.
Le Yoga de la sagesse, Presses du Châtelet, 1999.
Sages Paroles du Dalaï-Lama, Éditions n° 1, 2001.
Cinq entretiens avec le Dalaï-Lama, Marabout, 2001.

b) en anglais
The Power of Compassion, Thorsons, 1981.
A Flash of Lightning in the Dark of the Night, Shambhala, 1994.
Essential Teachings, Souvenir Press, 1995.
The Dalaï-Lama's Book of Wisdom, Matthew E. Bunson, 1997.
The Way to Freedom, Thorsons, 1997.
Awakening the Mind, Lightening the Heart, Thorsons, 1997.
The Dalaï-Lama's Book of Daily Meditations, Rider avec Renuka Singh, 1998.
The Art of Happiness, Coronet Books avec Howard Carter, 1998.
Ancient Wisdom, Modern World, Abacus, 2000.
Transforming the Mind, Thorsons, 2000.
The Transformed Mind, Hodder & Stoughton, 2000.

Livres sur le Dalaï-Lama

BAKER Ian, *Le Temple secret du Dalaï-Lama*, La Martinière, 2000.
CRAIG Mary, *Kundun : La Véritable Histoire du Dalaï-Lama, de son mouvement et de ses proches*, Presses du Châtelet, 1998.
DAGPO Rinpoché, Laforêt Claude, *Le Dalaï-Lama*, Olizane, 1993.
FARRER-HALLS Gilles, *Le Monde du Dalaï-Lama*, Le Pré aux clercs, 1999.
GIBB Christofer, *Le Dalaï-Lama*, coll. « Les hommes au service des hommes », Sénevé, 1996.

BIBLIOGRAPHIE

GOODMAN Michaël Harris, *Le Dernier Dalaï-Lama ? : biographie et témoignages*, Claire lumière, 1993.

KAMENETZ Rodger, *Le Juif dans le Lotus : des rabbins chez le Dalaï-Lama*, Calmann-Lévy, 1997.

LEVENSON Claude B., *Le Dalaï-Lama*, coll. « Naissance d'un destin », Autrement, 1998.

RIVIÈRE Jean M., *Kâlachakra : initiation tantrique du Dalaï-Lama*, coll. « Les Portes de l'étrange », Laffont, 1985.

VANDERHEYDE Alphonse, *La Force de l'âme : chez cinq personnages internationaux du XXe siècle : le Mahatma Ghandhi, Martin Luther King, Mère Teresa de Calcutta, Jean-Paul II et le Dalaï-Lama*, Librairie de l'Inde, 1999.

VAN EERSEL Patrick, *Le Cercle des anciens : des hommes-médecine du monde entier autour du Dalaï-Lama*, Albin Michel, 1998.

VIDAL Laurence, *Le Dalaï-Lama, un certain sourire*, coll. « Sagesse », Calmann-Lévy, 1995.

TABLE DES MATIÈRES

Au catalogue Marabout

Psychologie

- **100 % Ados**
  Mc Graw - Marabout Pratique
- **150 tests d'intelligence**
  J. E. Klausnitzer - Poche n° 3529
- **80 tests de logique**
  J. E. Klausnitzer - Poche n ° 3530
- **Ados, les bons plans**
  S. Turcaud - Marabout Pratique
- **Amour, sexualité, travail... tous les tests pour faire les bons choix**
  G. d'Ambra - Poche n° 3685
- **Amour sans condition (L')**
  L. I. Hay - Poche n° 3662
- **Analyse transactionnelle (L')**
  R. de Lassus - Poche n° 3516
- **Apprivoiser le deuil**
  M. Ireland - Poche n° 3677
- **Be happy**
  D. Koffman - Poche n° 3697
- **Bonne mère, mauvaise mère**
  L. Bonara-Ades - Actualité
- **Ce que veulent les hommes**
  Gertsmam, Pizzo, Seldes - Poche n° 3672

- **Ces amours qui nous font mal**
P. Delahaie - Actualité
- **Ces gens qui vous empoisonnent l'existence**
L. Glas - Poche n° 3597
- **Cette famille qui vit en nous**
C. Rialland - Poche n° 3636
- **Communication efficace par la PNL (La)**
R. de Lassus - Poche n° 3510
- **Couple : le check-up**
G. Ambra - Poche n° 3670
- **Couple : vivre et grandir ensemble**
P. Howell et R. Jones - Actualité
- **Des frères et des sœurs**
Dr S. Angel - Poche n° 3681
- **Développer votre intelligence sexuelle**
G. d'Ambra - Poche n° 3684
- **Dictionnaire Marabout des rêves**
L. Uyttenhove - Poche n° 3542
- **Digestion et bien-être**
Dr. D. Chopra - Poche n° 3661
- **Efficace et épanoui par la PNL**
R. de Lassus - Poche n° 3563
- **Ennéagramme (L')**
R. de Lassus - Poche n° 3568
- **Et moi, alors !**
P. Mc Graw - Actualité
- **Être la fille de sa mère et ne plus en souffrir**
P. Delahaie - Actualité
- **Force est en vous (La)**
L. I. Hay - Poche n° 3647
- **Gérer les conflits du quotidien**
B. Reynaud - Poche n° 3687

- **Gestalt, l'art du contact (La)**
  S. Ginger - Poche n° 3554
- **Guide des jeunes homos (Le)**
  X. Héraud et C. Roncier - Hors collection
- **Guide Marabout des tests (Le)**
  A. Bacus et C. Romain - Référence
- **Grand livre des tests de Q.I. (Le)**
  A. Bacus - Actualité
- **Hommes, le sexe etc. (Les)**
  E. Willer - Actualité
- **Hommes, les femmes etc. (Les)**
  E. Willer - Actualité
- **Hommes, les femmes etc. (Les)**
  E. Willer - Poche n° 3679
- **Intelligence du cœur (L')**
  I. Filliozat - Poche n° 3580
- **Interprétation des rêves (L')**
  P. Daco - Poche n° 3501
- **J'élève mon mari**
  F. Barjot - Poche n° 3676
- **Je t'aime moi aussi**
  B. Muldorf - Poche n° 3674
- **Journal d'un psychanalyste (Le)**
  S. Tisseron - Poche n° 3694
- **Kilos Ados**
  Dr. Cocaul et M. Belouse - Marabout Pratique
- **Langage des gestes (Le)**
  D. Morris - Poche n° 3590
- **Libérez-vous**
  Dr Bareffot - Actualité
- **Méditer au quotidien**
  H. Gunaratana - Poche n° 3644

- **Mesurez votre Q.I.**
  G. Azzopardi - Poche n° 3527
- **Méthode Coué (La)**
  E. Coué - Poche n° 3514
- **Notre capital chance**
  Dr R. Wiseman - Poche n° 3691
- **On gère sa vie, on ne la subit pas**
  P. Mc Graw - Poche n° 3704
- **Oser être soi-même**
  R. de Lassus - Poche n° 3603
- **Oser briser la glace**
  S. Jeffers - Poche n° 3673
- **Parents et toujours amoureux**
  S. Biddulph - Poche n° 3680
- **Parents toxiques**
  S. Forward - Poche n° 3678
- **Pères d'aujourd'hui, filles de demain**
  V. Colin - Poche n° 3693
- **Petit guide pratique de la scène de ménage**
  P. Lemoine - Poche n° 3686
- **Plénitude de l'instant (La)**
  T. Nhat Hanh - Poche n° 3655
- **Prodigieuses victoires de la psychologie (Les)**
  P. Daco - Poche n° 3504
- **Psy de poche (Le)**
  S. Mc Mahon - Poche n° 3551
- **Puissance de la pensée positive (La)**
  N.V. Peale - Poche n° 3607
- **Que se passe-t-il en moi ?**
  I. Filliozat - Poche n° 3671
- **Rupture : petit guide de survie**
  D. Hirsh - Poche n° 3689

- **Sauvez votre couple**
  P. Mc Graw - Actualité
- **Se libérer de ses dépendances**
  P. Senk et F. de Gravelaine - Poche n° 3668
- **Secrets de famille, mode d'emploi**
  S. Tisseron - Poche n° 3573
- **Sexe des larmes (Le)**
  Dr P. Lemoine - Poche n° 3688
- **Sexo ados**
  Dr. C. Solano - Marabout Pratique
- **Thérapie du bonheur (La)**
  E. Jalenques - Poche n° 3682
- **Tout se joue en moins de 2 minutes**
  Boothman - Poche n° 3675
- **Transformez votre vie**
  L. I. Hay - Poche n° 3633
- **Tremblez mais osez**
  S. Jeffers - Poche n° 3669
- **Triomphes de la psychanalyse (Les)**
  P. Daco - Poche n° 3505
- **Vie à bras le corps (La)**
  S. Jeffers - Poche n° 3690

3702

IMPRIMÉ EN FRANCE PAR BRODARD ET TAUPIN
32398 - La Flèche (Sarthe), le 28-10-2005.

pour le compte des
Nouvelles Éditions Marabout
D.L. n° 65745 - octobre 2005
ISBN : 2-501-04326-X
40-9280-5/02